MEU PESCOÇO É UM HORROR

Nora Ephron

MEU PESCOÇO É UM HORROR

e outros papos de mulher

Tradução de
LIA WYLER

Rocco

Título original
I FEEL BAD ABOUT MY NECK
And Other Thoughts on Being a Woman

A tradução da edição brasileira publicada mediante acordo com Alfred A Knopf, uma divisão da Random House, Inc.

A seguir, alguns dos ensaios desta coletânea que foram anteriormente publicados: "I Hate My Purse" [Odeio bolsas] em *Harper's Bazaar*; "Moving On" [Mudança em Nova York] e "Serial Monogamy" [Monogamia em série: uma lembrança] em *The New Yorker*; "The Lost Strudel" [O strudel perdido], "Me and Bill: The End of Love" [Eu e Bill: o fim do amor] e "Me and JFK: Now It Can Be Told" [Eu e JFK: agora posso contar] em *The New York Times*; "Where I Live" [O lugar onde vivo] em *O, At Home*; "On Maintenance" [Mantendo a forma] e "On Rapture" [Sobre o enlevo] em *O, The Magazine*; e "Considering the Alternative" [Pensando na alternativa] e "I Feel Bad About My Neck" [Meu pescoço é um horror] na *Vogue*

EDITORA ROCCO LTDA.
Av. Presidente Wilson, 231, 8° andar
20030-021 – Rio de Janeiro, RJ
Tel.: (21)3525-2000 – Fax: (21)3525-2001
rocco@rocco.com.br
www.rocco.com.br

Printed in Brazil/Impresso no Brasil

preparação de originais
HELIETE VAITSMAN

CIP-Brasil. Catalogação-na-fonte.
Sindicato Nacional dos Editores de Livros, RJ.

E54m

Ephron, Nora, 1941-
Meu pescoço é um horror: e outros papos de mulher/ Nora Ephron; tradução de Lia Wyler. – Rio de Janeiro: Rocco, 2007.

Tradução de: I feel bad about my neck: and other thoughts on being a woman
ISBN 978-85-325-2147-7

1. Ephron, Nora, 1941-. I. Wyler, Lia Alverga II. Título.

06-4577

CDD – 818
CDU – 821.111 (73)-8

Para Nick, Jacob e Max

SUMÁRIO

MEU PESCOÇO
É UM HORROR

Meu pescoço me horroriza. Sério. Se você visse o meu pescoço se horrorizaria também, mas provavelmente seria gentil demais para demonstrar. Se eu tocasse no assunto com você – dissesse, por exemplo, "Detesto o meu pescoço" – com certeza você responderia com uma amenidade do tipo "Não vejo por quê". Você estaria mentindo, é claro, mas eu a perdoaria. Estou sempre dizendo mentiras iguais – a maioria para amigas que me dizem que estão chateadas por terem bolsas sob os olhos, ou papadas, ou rugas, ou pneus, e me perguntam se deveriam fazer uma plástica nos olhos, ou um lifting no rosto, ou uma lipoaspiração, ou tomar uma injeção de botox. Minha experiência é que "Não vejo por quê" é um código: "Entendo o que quer dizer, mas você está louca se acha que vai me forçar a entrar nesse papo." Todo o mundo sabe que é difícil tocar nesses assuntos. Se eu respondesse "Sei exatamente o que você quer dizer", talvez minha amiga saísse dali e fosse fazer uma plástica nos olhos, por exemplo, e talvez não desse certo, e ela acabasse como uma dessas pessoas que viram notícia em jornais sensacionalistas porque foram parar na Justiça, processando seus cirurgiões plásticos porque nunca mais puderam fechar os olhos. Além disso, e isto é o mais importante "Fui a culpada". Sou particularmente sensível ao aspecto "Minha culpa" porque jamais perdoei uma de minhas amigas por me aconselhar a não comprar um ótimo apartamento na rua Setenta e Cinco Leste em 1976.

Às vezes saio para almoçar com as meninas – escrevi a frase até aqui e parei. Suponho que quisesse dizer "com minhas amigas". Não somos mais meninas e deixamos de ser há quarenta anos. Enfim, às vezes saímos para almoçar e corro os olhos pela mesa e vejo que todas estamos usando suéteres de gola rulê. Outras vezes todas estamos usando écharpes à la Katherine Hepburn em *Num lago dourado.* Ainda outras, estamos todas usando golas chinesas e parecemos uma versão americana de *O clube da felicidade e da sorte.* É meio engraçado e meio triste, porque não somos neuróticas com relação ao envelhecimento – nenhuma de nós mente sobre a idade, por exemplo, e nenhuma de nós se veste de maneira imprópria para nossa faixa etária. Parecemos ter a idade que temos. Exceto pelo pescoço.

Ah, os pescoços. Há pescoços de galinha. Há pescoços de peruas. Há pescoços de elefantas. Há pescoços quadriculados de rugas e pescoços com dobras e pescoços com sulcos que ameaçam virar dobras. Há pescoços magrelos e pescoços gordos, pescoços enrugados, pescoços fibrosos, pescoços murchos, pescoços flácidos, pescoços sardentos. Há pescoços que são uma espantosa combinação de tudo isto. Meu dermatologista diz que o pescoço começa a enfear aos quarenta e três anos e pronto. Pode-se usar maquiagem no rosto e corretivo sob os olhos e tinta nos cabelos, pode-se injetar colágeno, botox e restileno nas rugas e sulcos, mas, à exceção de uma cirurgia, não há nada que se possa fazer pelo pescoço. O pescoço é um delator infalível. Nossos rostos são a mentira e nossos pescoços a verdade. É preciso cortar uma árvore para descobrir sua idade, mas isto seria desnecessário se ela tivesse pescoço.

Minha experiência pessoal com o pescoço começou logo depois que fiz quarenta e três anos. Submeti-me a uma operação que me deixou uma horrível cicatriz acima da clavícula. Foi uma experiência chocante, porque aprendi, a duras penas, que o fato de um cirurgião ser famoso não significa que ele tenha o menor talento para costurar pessoas. Se a leitura deste capítulo não lhe ensinar nada, cara leitora, aprenda ao menos o seguinte: nunca faça uma operação em parte alguma do seu corpo sem pedir a um cirurgião plástico que se mantenha alerta na sala de cirurgia. Mesmo que sua operação decorra de um problema sério ou potencialmente grave, mesmo que você acredite que a saúde está acima da vaidade, mesmo que você recobre a consciência em um hospital, incrivelmente feliz por não ter câncer, mesmo que você se sinta eufórica, grata por estar viva, tocada por uma ofuscante lucidez sobre o que é ou não importante, mesmo que você jure que se sentirá eternamente contente por continuar na Terra e prometa nunca mais se queixar de nada, garanto que em breve, mais cedo do que imagina, irá se mirar no espelho e pensar que odeia essa cicatriz.

Estou supondo, naturalmente, que você irá se mirar no espelho. Este é mais um dado que observei depois de certa idade: faço o possível para não encarar o espelho. Se passo por algum, desvio o meu olhar. Se preciso olhar, começo a apertar os olhos, porque se houver alguma coisa ruim refletida, já estou a meio caminho de fechar os olhos para evitar tal visão. E se a iluminação for boa (e espero que não seja), com freqüência faço o que tantas mulheres da minha idade fazem ao se verem diante de um espelho: repuxo levemente a pele do pescoço e observo melancólica a versão mais jovem de mim mesma. (Aliás, tem outra coisa que percebi: se você quiser ficar realmente deprimida com o seu pescoço, sente-se no banco traseiro do carro, bem atrás do motorista e olhe-se no espelho retrovisor. Qual é o problema dos espelhos retrovisores? Não sei o porquê, mas não existem espelhos piores para refletir os pescoços. É um dos mistérios genuinamente intrigantes da vida moderna, em pé de igualdade com a razão da água ser mais fria no banheiro do que na cozinha.)

Voltemos ao meu pescoço. É dele que estou falando. E sei que você está pensando: por que não procurar um cirurgião plástico? Vou contar. Se você procurar um cirurgião plástico e disser: "gostaria que o senhor desse um jeito no meu pescoço", ele lhe responderia imediatamente que não pode dar jeito algum sem operar também o rosto. E ele não está mentindo. Não está abusando de sua credulidade para faturar. O problema é uma grande bola de neve. Se você estica o pescoço, precisa esticar também o rosto. Mas não quero operar o meu rosto. Se eu tivesse um rosto redondo e cheinho, enfrentaria uma cirurgia – quem tem o rosto assim é a candidata perfeita para entrar na faca. Infelizmente, porém, tenho o rosto fino e magro, e se eu fizesse uma plástica, sem dúvida o meu pescoço melhoraria, mas o meu rosto ia acabar repuxado e tenso. Prefiro apertar os olhos para não ver no espelho o rosto e o pescoço que tenho do que deparar com uma estranha que tem a aparência suspeita de um couro de tambor.

De vez em quando leio um livro sobre a idade, e a autora diz que é o máximo envelhecer. É o máximo ser sensata e sábia e madura; é o máximo chegar ao ponto em que se sabe o que tem valor na vida. Não suporto gente que afirma tais coisas. Em que estarão pensando? Será que não têm pescoços? Não se cansaram de vestir roupas para compensar a deficiência? Não se incomodam de serem forçadas a descartar noventa por cento das roupas que comprariam simplesmente por causa do pescoço? Não se entristecem por precisarem comprar gargantilhas? Um dos meus maiores arrependimentos – maior do que o de não comprar aquele apartamento na rua Setenta e Cinco Leste, maior ainda do que a minha maior catástrofe romântica – é não ter passado a juventude admirando amorosamente o meu pescoço. Nunca me ocorreu sentir gratidão por ele. Nunca me ocorreu que um dia sentiria saudades de uma parte do corpo a que não dava a devida importância.

É verdade, naturalmente, que agora estou mais velha, ajuizada, sábia e madura. E também é verdade que sinceramente compreendo o que tem valor na vida. Sabem o que é? O meu pescoço.

ODEIO BOLSAS

Odeio bolsas. Incondicionalmente. Se você for uma dessas mulheres que acham ótimo usar bolsa, nem se dê o trabalho de ler este capítulo porque não há nele nada que lhe interesse. Escrevi-o para mulheres que odeiam usar bolsas, que não entendem de bolsas, que percebem que suas bolsas são reflexos do desleixo doméstico, da desorganização fatal, da incapacidade crônica de se desfazer das coisas e de enfrentar as obrigações devidas a um acessório exigente e difícil (por exemplo a obrigação de combiná-lo com a roupa). Para mulheres cujas bolsas são atoleiros de balinhas, solitários analgésicos, batons sem tampa, protetor labial de validade ignorada, pedacinhos de fumo embora elas tenham deixado de fumar há pelo menos dez anos, absorventes íntimos fora da embalagem, moedas inglesas de uma viagem feita em outubro passado, cartão de embarque de viagens aéreas cuja memória se perdeu, chaves de Deus sabe que hotel, esferográficas que vazam, lenços de papel usados ou não, mas não há como saber, óculos arranhados, um saquinho velho de chá, vários cheques pessoais amassados e sujos que desprenderam do talonário, uma escova sem capa que parece ter sido usada para limpar prataria.

Escrevi-o para mulheres que em pleno julho se dão conta de que ainda não compraram uma bolsa de verão e em pleno inverno continuam andando com uma bolsa de palha.

Escrevi-o para mulheres que acham espantoso que uma bolsa custe quinhentos ou seiscentos dólares – e nem estou falando daquela Birkin topo de linha que custa dez mil dólares, não que isto tenha relevância porque nem se pode entrar na lista de espera para adquirir uma dessas. Na lista de espera! Para comprar uma bolsa! Uma bolsa de dez mil dólares que vai acabar cheia de balinhas velhas!

Em suma, escrevi-o para você que compreende que sua bolsa, de modo absolutamente chocante, é você. Ou como Luiz XIV poderia ter dito, mas não o fez porque era inteligente demais para usar bolsas, *Le sac c'est moi.*

Há muitos anos compreendi que não entendia de bolsas e, por um bom tempo, consegui evitá-las. Eu era uma escritora free-lance e passava a maior parte do tempo em casa. Não precisava de bolsa para ir à cozinha. Quando saía, em geral à noite, era freqüente me virar com um batom, uma nota de vinte dólares e um cartão de crédito no bolso. Isto é o máximo que se consegue enfiar em uma bolsa toalete e eu economizava uma fábula por que não precisava comprar uma bolsa toalete. Bolsas toalete, por razões pouco claras a não ser para marxistas, custam mais do que as bolsas normais.

Infelizmente, porém, houve vezes em que precisei sair de casa com algo mais do que o básico. Resolvi o problema comprando um casaco com grandes bolsos. Sei que isto transformou o meu casaco em bolsa, mas ainda assim foi melhor do que carregar uma bolsa. Qualquer coisa é melhor do que carregar uma bolsa.

Veja o que acontece com uma bolsa. A pessoa começa timidamente. Começa fazendo um voto de organização. Começa jurando que Desta Vez Será Diferente. Começa com os objetos absolutamente necessários – a carteira e alguns cosméticos que até coloca em uma bolsinha própria e reluzente, do tipo que suas amigas competentes usam para ter mais de uma bolsa por vez. Em questão de segundos, porém, sua bolsa já acumulou o lixo de uma vida inteira. Os cosméticos deram um jeito de escapar da bolsinha reluzente (tudo bem, você esqueceu de fechá-la), as moedas rolaram da carteira (tudo bem, você esqueceu de abotoar o moedeiro), os cartões de crédito desapareceram no abismo (tudo bem, você esqueceu de repor o cartão Visa na carteira depois de comprar o filtro solar que agora está escorrendo pelo forro da bolsa, porque você esqueceu de tampá-lo depois que o passou nas mãos enquanto dirigia a mais de cem quilômetros por hora em uma estrada). E mais, um enorme espaço em sua bolsa foi ocupado por uma maravilha tecnológica que contém o seu caderninho de endereços e o calendário – ou conteria se as baterias não tivessem descarregado. E meia garrafa de água, juntamente com vários lanchinhos que você guardou de uma viagem aérea, caso algum dia se visse faminta e inexplicavelmente desejosa de comer um pedaço de queijo com gosto de plástico. Talvez você consiga acomodar os tênis na bolsa. Puxa, quem diria, você conseguiu! E antes que perceba, sua bolsa está pesando dez quilos e você correndo o grave perigo de arranjar uma bursite e precisar de uma cirurgia só por tê-la carregado. Todos os seus bens estão dentro da bolsa. Você poderia fugir dos cossacos com sua bolsa. Quando você a abre, no entanto, não consegue achar nada – sua bolsa é um grande buraco negro e denso em que você passa horas tentando pescar alguma coisa. Uma lanterna poderia ser útil mas se você a guardasse na bolsa jamais a encontraria.

Qual é a solução? Deixei de ser a escritora free-lance que fica o dia inteiro sentada em casa; preciso de coisas. Preciso de materiais para trabalhar. Preciso de cosméticos para me embelezar. Preciso de um livro para me fazer companhia. Preciso, é triste reconhecer, de uma bolsa. Durante algum tempo busquei uma resposta. Como aquelas mulheres de Hollywood dispostas a se entregar à cabala ou à cientologia ou à ioga, li praticamente todos os artigos sobre bolsas que me prometiam a salvação dessa infelicidade. Em dado momento pensei que talvez a solução estivesse não em uma, mas em duas bolsas. Tentei, então, usar duas bolsas, uma para os objetos pessoais e outra para o material de trabalho. (É, eu sei: normalmente chamamos esta segunda de pasta.) O sistema funciona para a maioria das pessoas, mas não para mim, e por uma razão razoavelmente óbvia que já revelei: não sou um ser humano organizado. Outra solução que experimentei exigiu o gasto de uma boa quantia para comprar uma bolsa, seguindo a teoria de que possuir uma bolsa cara me inspiraria a mudar a personalidade, mas isto tampouco funcionou. Experimentei uma dessas bolsas-mochilas estilo Prada, comprei-a no momento em que estava saindo de moda, mas guardei tanta coisa dentro que eu parecia um xerpa, aquele guia nepalês para escalar o Everest.

Então, certo dia, me vi em Paris com uma amiga que anunciou que seu objetivo da semana era comprar uma bolsa Kelly. Talvez você saiba o que é uma bolsa Kelly. Eu não sabia. Nunca tinha ouvido falar. Que é uma bolsa Kelly? – perguntei. Minha amiga me olhou como se eu tivesse passado o século adormecida em uma caverna. E me explicou: uma bolsa Kelly é uma bolsa Hermès criada em 1950 que Grace Kelly tornou famosa; daí o nome. É clássica. No mercado de bolsas equivale ao colar de pérolas mais perfeitas do mundo. A bolsa continua a ser fabricada, mas minha amiga não queria uma nova. Queria uma bolsa Kelly usada. Ela ouvira dizer que havia um negociante no mercado das pulgas que tinha várias para vender. O mercado de pulgas só abre nos fins de semana, então passamos vários dias comendo, bebendo, fazendo turismo, tudo isso (no entender de minha amiga) um mero prelúdio para o evento principal. Quanto vai custar a bolsa? perguntei. Quase morri quando ela respondeu: uns três mil dólares. Três mil dólares por uma bolsa velha (e se você estiver fazendo as contas, eu estava), além da passagem de avião?

Por fim fomos ao mercado de pulgas e lá estava a bolsa Kelly. Emudeci sem saber o que dizer. Parecia o tipo de bolsa que minha mãe usava. Não cabia quase nada e pendia rígida do braço de minha amiga. Posso não entender muito de bolsas, mas sei que qualquer bolsa que pende rigidamente do braço (em vez do ombro) acrescenta dez anos à idade de uma mulher, além de imobilizar metade do seu corpo. No mundo moderno, temos que manter os braços livres. Não quero ser excessivamente séria, mas uma bolsa (como um par de saltos altos) realmente prejudica a mobilidade. Esta é uma das muitas razões por que a moda de homens usarem bolsas não pega. Se uma de suas mãos está ocupada segurando a bolsa, então não está livre para fazer todo o tipo de coisas excitantes em que se poderia usá-la como abrir caminho na multidão, abraçar quem se gosta, subir no pau de sebo e acenar freneticamente para táxis.

Em resumo, minha amiga comprou a bolsa Kelly. Custou-lhe dois mil e seiscentos dólares. A cor não era exatamente a que ela queria, mas estava em excelente estado. É claro que teria de ser impermeabilizada imediatamente porque perderia metade do valor se apanhasse chuva. Impermeabilizar? Apanhar chuva? Jamais me passara pela cabeça a preocupação de não deixar uma bolsa apanhar chuva e muito menos de impermeabilizá-la. Por um momento tornei a pensar no quanto minha mãe deixara de me ensinar a respeito de bolsas e quase senti pena de mim mesma. Contudo, estava na hora de almoçar.

Fomos a um bistrô e a bolsa Kelly foi colocada no centro da mesa, onde ficou como um pequeno santuário em ação de graças por uma compra vitoriosa. Então, lá fora, começou a chover. Os olhos de minha amiga começaram a se encher de lágrimas. Seus lábios se fecharam hermeticamente. Como um fecho de bolsa. Chovia torrencialmente e ela ainda não mandara impermeabilizar a bolsa Kelly. Teria de continuar sentada ali a tarde toda esperando a chuva passar para não expor a bolsa a uma gota de água sequer. Ocorreu-me o pensamento de que ela e sua bolsa Kelly talvez tivessem de continuar ali para sempre. Anos transcorreriam e a chuva não pararia de cair. Ela envelheceria (mas não a bolsa Kelly) e por fim ela e a bolsa, como uma versão moderna da mulher de Lot, se transformariam em um monumento às pessoas que gostam demais de bolsas. Escreveriam canções populares e parábolas falando dela. Nessa altura parei de me preocupar com bolsas e desisti.

Voltei para Nova York e comprei uma bolsa. Não é exatamente uma bolsa; é uma sacola. Decididamente a melhor sacola que já tive. Tem a imagem de um cartão de metrô de Nova York – é amarela (da cor dos táxis amarelinhos da cidade) e azul (o mais horrendo azul-berrante) razão por que não combina com nada e no fundo combina com tudo. É de plástico e, portanto, totalmente impermeável. É igualmente feia em todas as estações do ano. Foi praticamente de graça (vinte e seis dólares), e nunca terei de substituí-la porque parece absolutamente indestrutível. E, mais, jamais tendo sido moda, jamais poderá sair de moda.

Admito que não serve para qualquer ocasião; de raro em raro sou forçada a usar uma bolsa, uma das que odeio. Na maior parte do tempo, porém, vou a todo lugar com a minha sacola cartão-de-metrô. E onde quer que vá as pessoas comentam "adoro sua bolsa". Onde a comprou? E respondo que comprei no Transit Museum na estação Grand Central, e que todas as vendas do museu revertem para tornar a rede de metrô melhor do que já é. Imagino que todas as mulheres tenham ido lá comprar uma igual. Ou não. Não importa. Eu estou muito feliz.

MONOGAMIA EM SÉRIE: UMA LEMBRANÇA

Ganhei de minha mãe o primeiro livro de cozinha. Foi em 1962 e iniciei minha vida em Nova York com esse presente, *The Gourmet Cookbook* (vol.1), e vários jogos de lençóis e fronhas (brancos, com as bordas festonadas). O livro era enorme, um tomo com uma encadernação escura, cor de vinho. Era uma compilação dos editores da revista *Gourmet*, pontuada por ilustrações esplêndidas, reverentes e ligeiramente sinistras da comida que tornara a revista famosa. A simples posse do livro mudara a vida de minha mãe. Até o livro aparecer, nos anos 1950, ela se contentara em viver o mais longe possível da cozinha. Tínhamos uma maravilhosa cozinheira sulista chamada Evelyn Hall, que preparava pratos tradicionais americanos, como rosbife, frango frito e uma das melhores tortas de maçã do mundo. Graças, porém, ao *The Gourmet Cookbook*, Evelyn começou a cozinhar frango à Marengo e *crème caramel*; não demorou muito, minha própria mãe estava na cozinha preparando rolinhos primavera. Há uma receita desses pratos na página 36 do livro, mas não dá nem uma pálida idéia do cansaço e do tempo necessários para preparar os rolinhos nem sequer sugere quanta tensão uma pessoa pode gerar em uma casa quando serve um rolinho que leva horas para preparar e não chega nem aos pés daquele que o chinês entrega em casa.

De posse de *The Gourmet Cookbook* me senti incrivelmente sofisticada. Durante anos presentei-o a amigas em seus casamentos. Era um símbolo de maturidade, era mostrar-se inteligente e chique e graduada em culinária, mas eu nunca o usei como se deve usar um livro de cozinha – escorando-o aberto sobre a bancada para consultá-lo durante o preparo de uma receita, manchando suas páginas com respingos de manteiga e borrões de chocolate, mantendo com ele um diálogo – em suma, estabelecendo uma relação com o livro.

O livro de cozinha que mais usei no meu primeiro ano em Nova York foi um pequeno volume intitulado *The Flavour of France*. Foi presente de uma poderosa mulher mais velha a quem chamarei de Jane e que conheci no meu primeiro verão na cidade. Tinha vinte e cinco anos e me tomou pela mão e me apresentou não somente ao livro como também a queijo brie e ao *vitello tonato* e ao famoso restaurante de omeletes numa das ruas Sessenta Leste. Na verdade, a primeira vez que fui a um restaurante de omeletes, o Madame Romaine de Lyon, eu era mensageira (isso mesmo) na *Newsweek*, ganhava cinqüenta e cinco dólares por semana e quase desmaiei quando vi que uma omelete custava US$3.45. Jane também me apresentou ao conceito de Quase Parente. Você era Quase Parente de alguém se ambas tivessem dormido com o mesmo homem. Jane dormira com vários jornalistas, editores, romancistas em ascensão, o mais famoso dos quais, ao fim da única noite que passaram juntos, deu-lhe um exemplar de um de seus livros convenientemente guardados junto à porta de entrada. Contou-me Jane que suas palavras exatas, quando ela se encaminhou para a porta, foram: "na saída, leve um".

Na noite em que o presidente Kennedy foi baleado, Jane estava oferecendo um jantar, que não foi interrompido apesar da tragédia, como seria de esperar. Jane serviu de entrada *céleri rémoulade*, um prato que eu nunca tinha visto antes e que continua a ser um mistério para mim. Alguns meses depois, transei com uma pessoa com quem Jane transara. Jane e eu nos tornamos Quase Parentes, e, curiosamente, foi o fim de nossa amizade, embora não fosse o fim da minha relação com *The Flavour of France*.

The Flavour of France era do tamanho de uma agenda, media apenas 15cm x 20cm. Continha receitas em pequenos blocos de texto de autoria de Narcissa Chamberlain e sua filha Narcisse, e grandes fotos turísticas da França tiradas pelo marido de Narcissa (e pai de Narcisse), Samuel Chamberlain. Não prestei muita atenção à família Chamberlain enquanto cozinhava as receitas do livro, e quando, finalmente, prestei não entendi nada. Para começar, não consegui imaginar por que alguém chamada Narcissa daria à filha o nome de Narcisse. Tampouco consegui entender como se realizava essa colaboração. Os três viajavam juntos pela França, discutindo para decidir de quem era a vez de sentar no banco traseiro? Narcisse gostava de trabalhar com os pais? E se gostava, seria ela maluca? Mas as receitas dos Chamberlain eram simples e à prova de erros. Aprendi a preparar uma musse de chocolate perfeita que levava apenas cinco minutos, e uma sobremesa maravilhosa de peras carameladas servidas com creme. Durante anos fiz essas peras, embora, com o tempo, a musse de chocolate tenha desaparecido do meu repertório quando surgiu a onda de *crème brûlée*.

Pouco antes de me mudar para Nova York, aconteceram dois fatos históricos. Inventaram a pílula anticoncepcional e lançaram o primeiro livro de cozinha de Julia Child. Em conseqüência, todo o mundo transava e, quando terminava, cozinhava alguma coisa. Uma de minhas amigas foi morar com um homem por quem estava apaixonada. A mãe ficou aflita e avisou-a de que jamais se casariam porque ela dormira com ele antes. "Faça o que fizer" – disse a mãe de minha amiga – "não cozinhe para ele." O aviso chegou tarde demais. Ela cozinhou. E ainda assim eles se casaram. Isto foi bem na época em que descobriram a endívia, e em seguida a rúcula, por sua vez substituída pelo radíquio, a alface crespa, a alface americana, a valerianella e as microfolhas – e, em poucas palavras, esta é a história dos últimos quarenta anos do ponto de vista da alface. Mas estou me adiantando.

Em meados dos anos 1960, o livro de Julia Child, *Mastering the Art of French Cooking*, o *New York Times Cookbook*, de Craig Claiborne, e o *Michael Field's Cooking School* tinham se tornado a sagrada trindade dos livros de culinária. Na época eu era repórter do *New York Post* e morava no Village. Quando estava em casa sozinha, à noite, eu preparava uma refeição completa extraída de um desses livros. Depois me sentava diante da televisão para comê-la. Sentia-me muito corajosa e decidida enquanto saboreava o meu jantar perfeito. Tudo bem, eu não tinha namorado, mas pelo menos não era uma mulher solitária que ficava sentada em casa comendo um patético copinho de iogurte. É provável que saborear uma refeição completa para quatro pessoas que eu preparara apenas para mim mesma fosse igualmente patético, mas isto nunca me ocorreu.

Experimentei todas as receitas do livro de Michael Field e pelo menos metade das receitas do primeiro livro de Julia, e enquanto cozinhava travava conversas imaginárias com os dois. Julia era mais simpática e mais indulgente a essa altura tinha um programa na televisão e era famosa por deixar cair os ingredientes, apanhá-los e tornar a jogá-los nas panelas. Michael Field era mais sério e meticuloso; de fato, quase fascistóide. Era cheio de preconceitos contra, por exemplo, usar espremedor de alho (ele acreditava que o objeto deixava o alho amargo), e joguei o meu fora com medo de que ele subitamente se materializasse em minha cozinha e desaprovasse. Suas receitas eram precisas e eu as seguia ao pé da letra; eu era jovem e acreditava que se mudasse uma vírgula que fosse na receita, desandaria tudo. Quando convidava gente para jantar, adorava servir o complicado frango ao curry do Michael, acompanhado dos condimentos e petiscos de pasta de lentilha – embora às vezes desse preferência a uma receita mais simples do cordeiro ao curry de Craig Claiborne publicada em sua coluna na *New York Times Magazine*. Levava bananas e creme de leite. Preparei-a recentemente e o resultado foi horrível.

Craig Claiborne trabalhava para o *The New York Times* não apenas como principal colunista de gastronomia, mas também como crítico de restaurantes; era imensamente poderoso e influente, e desenvolvi uma espécie de obsessão pelo homem. Craig – era assim que todos o chamavam mesmo que não o conhecessem pessoalmente. Ele era famoso por divulgar a cozinha étnica, e, no papel de sua devota seguidora, aprendi a cozinhar pratos como mussaca e tabule. Todos viviam ansiosos para ler suas receitas no domingo; era a primeira página que líamos no *Times*. Todo o mundo sabia que ele era dono de uma casa *hightech* em East Hampton a que acrescentara uma cozinha nova, que ele habitualmente cozinhava com o *chef* francês Pierre Franey e desprezava alface americana. É impossível discutir a história da alface nos últimos quarenta anos sem mencionar Craig, que nela desempenhou um papel seminal. Sempre tive uma queda por alface americana com molho de roquefort, e este foi um dos temas de minhas discussões imaginárias com Craig.

Durante muito tempo, tive esperança de encontrá-lo e nos tornarmos amigos. Dediquei muito tempo pensando nesta eventualidade, e imaginava o que preparar se ele viesse jantar em minha casa. Tinha dúvidas se deveria servir um prato de um de seus livros ou do livro de outro autor. Talvez houvesse um protocolo para essas coisas; e se houvesse eu o desconhecia. Ocorreu-me que deveria servir-lhe alguma coisa "minha", mas eu não tinha receitas que fossem realmente minhas – com a possível exceção do molho de minha mãe para churrasco, em que predominava o ketchup. Contudo, eu queria desesperadamente que ele viesse me visitar. Tinha lido em algum lugar que as pessoas tinham medo de convidá-lo para jantar. Eu não tinha; apenas não o conhecia. Devo confessar que a minha fantasia abrangia a esperança de que viesse jantar, e escrevesse um artigo sobre mim incluindo, naturalmente, uma receita minha; mas, como disse anteriormente, eu não tinha nenhuma.

Nesse meio tempo, todas as minhas amigas começaram a cozinhar de modo exacerbadamente neurótico e competitivo. Buscávamos aplausos, estávamos constantemente representando, sempre desesperadas para ser tudo para todos. Seria este o grande clímax da contra-revolução doméstica pós-Segunda Guerra Mundial ou o começo de uma variante da ambição feminista? Ninguém sabia. Estávamos ocupadas demais cortando fatias e cubos.

Casei-me e protagonizei uma série de casos culinários delirantes. Preparei uma feijoada. Envolvi coisas em massa folhada. Recheei folhas de parreira. E havia os suflês. Freqüentei um curso para aprender a usar o processador de alimentos Cuisinart. Cheguei a preparar um banquete chinês completo que incluía o frango ao limão de Lee Lum. Ele era o *chef* do Pearl's, o famoso restaurante chinês onde ninguém conseguia mesa. Se alguém conseguisse, jamais esqueceria a refeição porque continha tanto Aji-No-Moto que daria para passar anos acordada. A receita de Lee Lum para o frango ao limão previa envolver as tiras de peito de frango em farinha de castanha, fritá-las, mergulhá-las em molho de abacaxi triturado, e borrifar todo o preparado com 28 gramas de extrato de limão. Mais uma vez, a receita foi extraída da coluna de domingo de Craig Claiborne no *Times*. Craig, é claro, não tinha dificuldade de arranjar mesa no Pearl's, e eu sonhava em ir lá com ele, um dia, depois de nos conhecermos e nos tornarmos amigos íntimos. Eu tinha ido uma vez ao Pearl's e ficara boquiaberta ao descobrir que era impossível a pessoa conseguir uma mesa se não fosse famosa, mas tampouco era suficiente ser famosa – havia gradações para a fama. Havia os suficientemente famosos para obter uma mesa, os suficientemente famosos para Pearl ir até a mesa dizer quais eram os pratos da noite, e havia os realmente famosos, topo de linha, suficientemente famosos para Pearl permitir que pedissem o peixe frito agridoce. Era nisso que se resumia Nova York: era preciso ter pistolão para pedir um peixe.

Tornei-me colaboradora de revistas. Um dos meus primeiros artigos para a *New York* foi sobre Craig Claiborne e Michael Field, que, vim a saber, estavam em pé de guerra. Em conseqüência, conheci Craig Claiborne, e, depois que o artigo foi publicado, ele me convidou à sua casa. O que me serviu no jantar não foi memorável e nem mesmo me lembro o que foi. Depois Claiborne veio jantar em nossa casa e servi-lhe um prato de um de seus livros, uma caçarola chilena de frutos do mar, receita da mulher de Leonard Bernstein, Felicia Montealegre. Nem acredito que me lembro do nome dela, e menos ainda que consiga escrevê-lo, principalmente se considerar que sua receita ficou um mingau leitoso e frustrante que praticamente me destruiu.

Acho que não foi culpa de Felicia Montealegre se Craig e eu nunca chegamos a ser amigos, mas para mim não restou a menor dúvida, depois das duas refeições, que juntos não tínhamos futuro. Não me entendam mal, Craig era um cara legal, mas tão discreto que depois de conhecê-lo tornei-me praticamente incapaz de manter até mesmo conversas imaginárias enquanto preparava suas receitas.

Mais ou menos nessa época conheci um homem chamado Lee Bailey, e me vejo obrigada a reconhecer que se ainda havia alguma chama ardendo por Craig Claiborne, ela se extinguiu por completo no instante em que conheci Lee. Ele era amigo de uma amiga, Liz Smith, que acreditava que todos os seus conhecidos deviam fazer amizade com os seus outros conhecidos. Certa noite, ela nos convidou à casa de Lee para jantar. Ele morava em um grande porão em uma das ruas Quarenta Leste, e me lembro nitidamente das paredes revestidas de palha provavelmente comprada em Azuma, e que ela talvez fosse a casa mais fabulosa que eu já tinha visto. Era simples, agradável à vista e confortável, mas nada era caro, e não havia objetos de arte nem cor. Tudo era bege. Como me disse Lee certa vez: "Tenha muito cuidado com as cores."

E o jantar foi servido. Costeletas de porco, papa de milho pilado, uma variedade de couve e minúsculas maçãs ácidas assadas. Estava delicioso. Tão exato, simples e honesto e, ao mesmo tempo, tão prazeroso. Aquelas maçãs ácidas! Eram adoráveis! A noite toda foi mortificante, uma revelação, uma contestação a cada coisa que eu já comprara e cada jantar que eu já servira. Meu sofá era roxo. Eu possuía uma coleção de animais de madeira mexicanos, pintados em cores vivas. Tinha pratos vermelhos e um tapete felpudo. Meus menus eram rebuscados e muito pensados. Será que em um milhão de anos Lee Bailey pensaria em preparar uma feijoada? Ou o frango ao limão de Lee Lum? Certamente que não. Estava brutalmente óbvio que toda a minha vida até aquele momento fora um equívoco.

Pedi imediatamente o divórcio, dei ao meu ex-marido toda a mobília e comecei a estudar Lee Bailey. Comprei as cadeiras que ele me aconselhou a comprar e a mesa de jantar redonda que parecia fazer parte da razão secreta pela qual os jantares de Lee eram mais divertidos do que os de todo o mundo. Quando Lee abriu uma loja em Henri Bendel, comprei pratos brancos, guardanapos de algodãozinho listrado e crespo, e talheres de aço inoxidável com cabo de madeira iguais aos dele. Comprei mobília nova e todas as peças eram bege. Tornei-me escrava do amor de Lee, culinariamente falando. Muito antes de ele começar a escrever a série de livros de cozinha que o tornaram muito famoso, ele já substituíra todos os meus amigos imaginários na cozinha, e sempre que eu preparava o jantar e alguma coisa ameaçava desandar, eu o ouvia dizer que me acalmasse, que não era importante, que tomasse uma bebida, que ninguém ia ligar. A exemplo de Lee, parei de servir *hors d'oeuvres*, e, em conseqüência, meus convidados ficavam roendo as paredes antes do jantar, exatamente como os de Lee. Por osmose, comecei a me transformar de cozinheira neurótica com um repertório confuso de pratos étnicos em especialista descontraída em comida levemente sulista.

A coisa mais importante que aprendi com Lee foi o que chamo de Regra dos Quatro. A maioria das pessoas serve três elementos ao jantar – uma carne, um farináceo e uma hortaliça – mas Lee sempre servia quatro. E o quarto era sempre inesperado, como aquelas maçãs ácidas. Uma caçarola de feijões-de-lima e peras cozidas durante horas com açúcar mascavo e melado. Pêssegos com pimenta-de-caiena. Rodelas de tomate com mel. Biscoitos. Um picante pudim de pão. Pão de milho. Fosse o que fosse, aquele quarto elemento parecia produzir um efeito quase mágico no processo alimentar. A pessoa não se cansava da comida porque havia sempre um sabor novo no prato que ao mesmo tempo combinava com os demais ou os contradizia. Podia-se experimentar cada sabor por si; podia-se misturar um pouco disto com um pouco daquilo. E quando se terminava de comer, sempre se queria mais para poder repassar sabor por sabor. Na casa de Lee Bailey podia-se comer eternamente. Isto era importante. Isto era crítico. Não há nada pior do que convidar gente para jantar que simplesmente limpa o prato e, antes que o anfitrião se dê conta, termina de comer e encerra o jantar e são apenas dez horas da noite e todos vão embora deixando apenas você e os pratos. (E isso era outra coisa dos jantares de Lee: para coroar, ele tinha menos pratos para lavar, porque jamais servia entrada ou prato de queijo; e se servia salada, os convidados simplesmente a colocavam no prato com todo o resto.)

E, por falar nisso, Lee jamais servia peixe, por isso eu jamais servia peixe e vou dizer o porquê: é fácil demais comer peixe. Pim, pam, pum, e acaba-se com a posta de peixe e já se está com o pé na porta. Quando se tem convidados o jantar deve ser divertido, e parte da diversão é a comida. Peixe – lamento dizer, mas é a pura verdade – não é divertido. As pessoas gostam de brincar com a comida no prato e é virtualmente impossível brincar com peixe. Se você precisa comer peixe, encomende-o em um restaurante.

Você talvez pense que quando se tem Lee como amigo na vida real se torna supérfluo tê-lo como amigo imaginário, mas está enganada. Enquanto eu travava a minha conversa íntima com Lee – o que servir ou o que seria o quarto elemento perfeito para acompanhar o que eu ia servir – nunca me ocorreu apanhar o telefone e perguntar a ele. Lee era muito despreocupado; ele simplesmente daria uma risada e diria "o que você quiser, benzinho". Ele era, à sua maneira, o que poderia haver de mais parecido com um mestre zen, e todos os que caíamos sob sua influência começávamos copiando seu estilo e com o tempo nos descobríamos.

Sempre tive o desejo secreto de que Lee incluísse uma de minhas receitas em um livro seu – ele vinha jantar em casa com muita freqüência e era sempre fantasticamente gentil em sua opinião sobre a comida – mas nunca me pediu nenhuma de minhas receitas. Chegou a tirar uma foto do meu quintal para um de seus livros, e usou os meus pratos e guardanapos na fotografia; mas, naturalmente, eu os comprara em sua loja no Bendel, por isso não contava.

Nesse meio tempo, tornei a casar, e a me divorciar, escrevi um romance mal disfarçado sobre o fim do meu casamento, e incluí receitas. Àquela altura, eu finalmente percebera que ninguém jamais iria publicar um livro com minhas receitas, portanto eu mesma teria que fazê-lo. Incluí a receita de Lee com feijões-de-lima e peras (infelizmente omiti o açúcar mascavo e durante anos me disseram que tinham experimentado seguir a receita e que não dera certo), acrescentei a receita de cheesecake da cozinheira de minha família, Evelyn, e tenho certeza de que ela a tirou da embalagem de queijo cremoso Philadelphia. Uma colunista de gastronomia que comentou o livro criticou que as receitas não eram particularmente originais, mas achei que ela não entendeu a proposta. A questão (e eu estava começando a perceber) era a maneira de juntar coisas. A questão era fazer as pessoas se sentirem em casa, descobrirem seu próprio estilo, qualquer que fosse, e assumi-lo. A questão era deixar de ser neurótica a respeito da comida. A questão era encontrar um meio de incluir a comida em sua vida.

E depois de algum tempo, eu já não precisava ter longos diálogos íntimos com Lee – tinha incorporado o que aprendera com ele e prosseguira sozinha. Quatro pratos não eram suficientes; passei para cinco e, às vezes, seis. Eu gostava de salada com queijo, portanto servia salada com queijo. Com isso havia mais pratos para lavar – e daí? No terreno do *design*, abandonei o bege e em conseqüência cometi todos os erros de decoração que esse abandono tornou possíveis.

E, a propósito, casei-me novamente. Durante o meu terceiro casamento, tive uma série de relacionamentos culinários. Passei um tempo com Marcella Haza, uma autora genial com quem tive uma ligação pouco satisfatória; com Martha Stewart, a quem eu idolatrava e com quem mantive longas conversas imaginárias, a maioria a respeito da minha bajulação servil a ela; e, no ano passado, com Nigella Lawson, cujo estilo na cozinha é muito semelhante ao meu. Desisti de Nigella quando uma de suas receitas de bolinhos assados falhou fragorosamente, mas admiro sua disposição de usar ingredientes industriais nas receitas, seu desleixo com relação às aparências, seu apego à comida caseira. Gosto particularmente de preparar o meu jantar com rosbife, que se parece muito com o de minha mãe, exceto pelo pudim de Yorkshire. Minha mãe não servia o pudim, embora haja uma receita dele na página 61 do *The Gourmet Cookbook*. Minha mãe servia o rosbife com panquecas de batata. Eu sirvo pudim de Yorkshire *e* panquecas de batata. Por que não? Só se vive uma vez.

MANTENDO A FORMA

Há semanas que venho tentando escrever sobre manutenção, mas não tem sido fácil, e o motivo é bem simples: manter a forma ocupa tanto tempo de minha vida que pouco me sobra para sentar ao computador.

Tenho certeza de que você sabe o que é manutenção. É aquilo a que se referem quando dizem que de certo ponto em diante, é só remendar, remendar, remendar. Manutenção é o que você precisa fazer para poder sair de casa sabendo que, se for ao mercado e der de cara com um sujeito que no passado a rejeitou, não terá de se esconder atrás de uma pilha de latas. Não quero entrar em detalhes. Tenho uns dois ex-namorados com quem sempre receio deparar, mas é pouco provável – se deparasse – que eu os reconhecesse. Além disso, eles moram em outras cidades. O problema, porém, é que continuo a pensar neles toda vez que sou tentada a sair de casa sem passar o delineador nos olhos.

Existem, naturalmente, dois tipos de manutenção. A manutenção do *status quo* – as coisas que se precisa fazer diariamente, ou semanalmente, ou mensalmente, só para continuar mais ou menos igual. E há a manutenção que se tem de fazer todo mês, ou todo ano, ou mais ou menos a cada dois anos – as quais considero Tentativas Patéticas de Fazer o Tempo Retroceder. Nesta categoria se enquadram os *liftings*, a lipoaspiração, o Botox, a reabilitação dentária e a remoção de imperfeições – as varizes, por exemplo, verrugas, e aqueles sinaizinhos vermelhos irritantes que aparecem em seu tronco depois de certa idade, sem razão. Não vou discutir esses problemas aqui. No momento estou me concentrando apenas na rotina, nas coisas triviais que são necessárias para impedir que você tenha a aparência de quem não está mais aí.

CABELOS

Começaremos, lamento dizer, pelos cabelos porque sua manutenção é verdadeiramente deprimente. Por vezes acho que não precisar mais se preocupar com os cabelos é o que o pós-vida tem de bom.

Diga-me a verdade. Você não fica *por aqui* com os seus cabelos? Não se cansa de lavá-los e secá-los? Conheço gente que lava os cabelos todos os dias e não entendo por quê. Não é preciso lavar os cabelos todos os dias, assim como não é preciso mandar a calça preta para a tinturaria toda vez que é usada. No entanto, ninguém me escuta. Tenho amigas que gastam uma hora por dia, sete dias por semana, só para lavar e secar os cabelos. Como conseguem levar algum tipo de vida é um mistério para mim. Quero dizer, estamos falando de 365 horas por ano! Nove semanas de trabalho! Talvez isto fizesse sentido quando éramos jovens, quando o tempo que gastávamos para nos embelezar tinha certa correlação com o número de horas que gastávamos transando (que era, afinal, uma das razões para gastar tanto tempo nos cuidando). Agora, porém, que estamos mais velhas, a quem estamos enganando?

Além disso, você tem tentado comprar xampu ultimamente? Quero dizer, desejo-lhe boa sorte. Boa sorte para encontrar alguma coisa cujo rótulo diga, simplesmente, xampu. Há xampus para cabelos secos, mas oleosos, e xampus para cabelos ásperos, mas finos, depois há os condicionadores e os alisadores e os que dão volume aos cabelos. Que nível de dano devem ter sofrido os seus cabelos para serem considerados "danificados"? Por que há xampus para louras? As louras têm xampus melhores que nós? Chega a dar vertigens examinar prateleira após prateleira de produtos e não encontrar nenhum que seja capaz de dar conta do recado sozinho.

Enfrento tal confusão adotando medidas draconianas para reduzir o tempo gasto com os meus cabelos. Jamais cuido dos meus cabelos sozinha, se puder evitar, e faço o possível para fugir de situações que exijam isto de mim. De vez em quando uma amiga rica me pergunta se eu gostaria de fazer uma viagem de navio e só consigo pensar no sofrimento que seria passar cinco dias em uma cabine pequena me debatendo com um secador de cabelos. E nunca mais voltarei à África: a última vez que fui, em 1972, não havia cabeleireiros na selva, e, para mim, aquele lugar foi riscado do mapa.

Tenho a maior admiração pelas minhas conhecidas que fazem nos cabelos cortes mágicos que praticamente não exigem manutenção. Invejo as asiáticas – quero dizer, algum dia vocês viram uma asiática que tivesse cabelos feios? (Não, não viram. Por que será?) Certa vez li a entrevista de uma atriz conhecida em que ela afirmava que seu maior orgulho era saber secar os próprios cabelos com o secador, e fiquei deprimida vários dias. Sou absolutamente incapaz de secar meus cabelos. Tenho o equipamento e os produtos necessários, posso lhe assegurar. Tenho secadores com acessórios especiais, rolinhos quentes e rolinhos de Velcro, gel, musse, spray, mas meus cabelos ficam absolutamente pavorosos se eu mesma os secar.

Por isso, duas vezes por semana, vou a um salão e peço para secarem meus cabelos. É muito mais barato do que fazer psicoterapia e muito mais revigorante. E mais, leva muito menos tempo do que lavar e secar os cabelos em casa todos os dias, principalmente, se, como eu, você morar em uma cidade grande onde haja um cabeleireiro bom e barato ali na esquina. Ainda assim, quando terminar o ano, terei gasto pelo menos oitenta horas só para manter os cabelos limpos e penteados. São duas semanas de trabalho. Não é possível dizer o que eu poderia estar fazendo com todo este tempo. Poderia estar na Internet, por exemplo, comprando alguma coisa que valha muito menos do que gastei. Poderia estar lendo bons livros. Naturalmente eu poderia ler bons livros enquanto cuidam dos meus cabelos – mas não. Sempre planejo fazer isso. Sempre levo um exemplar comigo quando vou ao salão. Em vez de lê-lo, acabo lendo as revistas de moda do salão e me concentro principalmente nos artigos sobre cosméticos e cirurgias plásticas. Uma vez apanhei uma *Vogue* e acabei desembolsando vinte mil dólares. Mas vocês deviam ver os meus dentes.

TINTURA

Há muitos anos, quando Gloria Steinem completou quarenta anos, alguém a elogiou por sua aparência excepcionalmente jovem e ela respondeu: "Esta é a aparência dos quarenta anos." Foi uma grande resposta e gostaria que fosse minha. "Esta é a aparência dos quarenta anos" levou inevitavelmente à sua conclusão mais importante "Os quarenta são os novos trinta" e a tantas outras: "Os cinqüenta são os novos quarenta". Os sessenta são os novos cinqüenta" e até mesmo "Os restaurantes são os novos teatros", "Foccacia é a nova quiche", et cetera.

Enfim, há uma razão para os quarenta, cinqüenta, sessenta não terem a aparência de antigamente, e não é o feminismo ou a qualidade de vida produzida pelos exercícios. É a tintura para os cabelos. Nos anos 1950 somente sete por cento das mulheres norte-americanas pintavam os cabelos; hoje há setores de Manhattan e Los Angeles onde não existem mulheres grisalhas. (Certa vez, há alguns anos, fui ao Le Cirque, um conhecido restaurante nova-iorquino, para um almoço em homenagem a Jean Harris, uma mulher que acabara de ser libertada da prisão, onde passara doze anos por ter matado seu namorado nutricionista, e ela era a única mulher no restaurante de cabelos grisalhos.)

A tintura para cabelos mudou tudo, mas quase nunca lhe dão o devido crédito. É a arma mais poderosa que as mulheres mais velhas têm contra a cultura da juventude e, na medida em que realmente consegue paralisar o tempo (pelo menos no que diz respeito aos cabelos), torna as mulheres receptivas a providências mais drásticas (como *liftings*). Posso provar que a tintura é, ao menos em parte, responsável pelo número de mulheres que na meia-idade ou no final da meia-idade conquistam um lugar no mercado de trabalho (e conseguem mantê-lo), o mesmo sendo verdadeiro para outras tendências da moda. Por exemplo, ela é uma das razões por que as mulheres não usam mais chapéus, e a única razão pela qual todo o mundo que conheço tem um armário cheio de roupas pretas. Pensem um instante. Há cinqüenta anos, as mulheres de certa idade quase nunca usavam preto. O preto era para as viúvas, particularmente para as viúvas de guerra italianas, e até Gloria Steinem talvez concordasse que, em média, a viúva de guerra italiana nos fazia acreditar que sessenta era o novo setenta e cinco. Se você tem cabelos grisalhos, o preto a faz parecer não somente mais velha, mas mais triste. O preto, no entanto, fica muito bem em mulheres mais velhas de cabelos pretos – de fato tão bem que até mulheres mais jovens de cabelos escuros agora usam preto. Até louras usam preto. Até as mulheres de Los Angeles usam preto. Quase todo o mundo usa preto – exceto as apresentadoras de telejornal, senadoras dos Estados Unidos e residentes do Texas, e realmente tenho pena delas. Quero dizer, preto simplifica muitíssimo a vida. Tudo combina com preto, inclusive o preto.

Voltemos, porém, à tintura de cabelos. Comecei a pintar os cabelos há uns quinze anos, e durante muito tempo, fui classificada pela minha colorista como uma cliente do processo simples – seja o que for que ela fazia (o que sinceramente eu não saberia descrever), o processo não incluía água oxigenada e, portanto, consumia "apenas" noventa minutos mais ou menos a cada seis semanas. Sempre que eu me queixava do tempo gasto, ela me dizia que eu tinha sorte de não ser loura. Em termos de tintura de cabelos, ser loura é praticamente uma carreira.

Ah, as louras, coitadas! Encontrava-as sentadas no salão da colorista quando chegava, e as deixava lá quando saía. Seu couro cabeludo era dividido e pontilhado de minúsculas trouxinhas de papel de alumínio; tinham de sentar ao secador; reclamavam amarguradas de seus cabelos secos e danificados e das pontas cronicamente partidas. Sentia-me superior a elas em todos os quesitos. Pela primeira vez na vida, pareceu-me haver alguma vantagem em ter cabelos escuros.

Então, há mais ou menos um ano, a minha colorista fez luzes em meus cabelos. Luzes, você provavelmente sabe, são aquelas mechinhas louras espalhadas pelos cabelos. Levam água oxigenada. Aumentam de insuportável para molesto o tempo gasto na pintura. Sentada ali na cadeira, esperando as luzes fazerem efeito, eu me senti embotada de tédio. As horas se passavam. Eu não conseguia imaginar por que me deixara convencer a fazer um teste gratuito. Jurei que nunca, jamais, em tempo algum seria tentada a repetir a experiência, muito menos a pagar por ela. (Além de demoradas as luzes são barbaramente caras. É óbvio.)

Contudo – você provavelmente não se surpreenderá de ouvir – as tais luzes lembram um pouco o primeiro gole de conhaque Alexander que Lee Remick bebeu em *Days of Wine and Roses*. Saí para a avenida Madison com quatro mechas louras nos cabelos, finíssimas, virtualmente invisíveis, e me senti tão impressionada e comovida com a mudança em minha aparência que achei sinceramente que, ao chegar em casa, meu marido não me reconheceria. Acontece que ele nem notou a mudança. Mas não liguei; daquele momento em diante, eu fora fisgada. Em conseqüência, meu hábito de pintar os cabelos agora leva no mínimo três horas a cada seis semanas, e porque a minha colorista (em seu mundo) é apenas ligeiramente menos famosa que Hillary Clinton, ela me custa por ano mais do que o meu primeiro automóvel.

UNHAS

Quero lhe fazer uma pergunta: Quando e como surgiu essa obrigação de fazer as unhas? Nem sei como responder, mas quero deixar a pergunta pairando no ar, como um lembrete de que quando pensamos saber exatamente quantas coisas se precisa fazer em termos de manutenção, surge mais uma, Deus sabe de onde, e consome outro naco de nossa vida.

Passei os meus primeiros quarenta anos sem pensar nas minhas unhas. De raro em raro eu as lixava com a mísera lixa que possuía. (Uma nota sobre o assunto: um dos mistérios mais intrigantes do mundo, no topo da lista com as meias desaparecidas é o paradeiro das lixas na caixa que compramos para ter mais do que uma mísera lixa.) Enfim, ocasionalmente eu lixava as unhas, aplicava um pouquinho de esmalte e saía mundo afora. O processo levava uns três minutos, duas vezes por ano. (Estou brincando. Mas não muito). Eu sabia que havia mulheres que iam à manicura regularmente, mas em minha opinião eram preguiçosas e não tinham o que fazer. Ou viviam sob a enganosa impressão de que as unhas pintadas eram charmosas. Certamente não eram mulheres que ganhavam a vida com uma máquina de escrever, a inimiga mortal das unhas compridas.

Então, um dia, como cogumelos, surgiram um trilhão de manicuras em Manhattan. De repente havia mais manicuras do que lojas de bebidas, ou óticas, ou lavanderias, ou chaveiros, e esses serviços são muito mais numerosos em Manhattan do que você jamais entenderá. Por vezes parecia que havia mais manicuras em Manhattan do que unhas. A maioria desses salões empregava jovens coreanas e todas atendiam com rapidez e eficiência, sem abusar das horas fingindo o mais remoto interesse em suas clientes. E eram incrivelmente baratas – no máximo oito ou dez dólares para unhas normais.

Não tardou muito e todo o mundo estava fazendo as unhas. Se suas unhas não eram manicuradas (em contraposição a limpas e aparadas apenas), você se sentia mal cuidada. Sentia-se envergonhada. Sentia um impulso de sentar em cima das mãos para escondê-las. Daí tornou-se necessário fazer as unhas uma vez por semana. O que me leva, ai meu Deus, às pedicuras.

A melhor coisa em uma pedicura é que durante a maior parte do ano, de setembro a maio para ser exata, ninguém a não ser a pessoa amada sabe se você fez os pés ou não. A segunda melhor coisa em uma pedicura é que enquanto ela faz seus pés, você pode usar as mãos e ler sem embaraço ou até mesmo usar o celular. A terceira melhor coisa é que, quando ela termina, seus pés estão realmente lindos.

A pior coisa em uma pedicura é que ela consome uma enormidade de tempo e então, quando você pensa que está pronta, ainda precisa esperar que as unhas sequem. Leva quase tanto tempo para secar as unhas quanto para fazê-las. Então, você fica lá sentada uma eternidade e, por fim, não consegue esperar nem mais um minuto, calça devagarinho as sandálias e vai embora; a caminho de casa você estraga irremediavelmente o esmalte na unha do dedão e uma vez que o dedão é a única coisa que as pessoas reparam em seus pés, seria melhor que você nem tivesse ido à pedicura.

PÊLOS INDESEJÁVEIS

Lamento informar que tenho buço. A verdade é que provavelmente sempre o tive, mas durante anos ele permaneceu meio latente ou incipiente ou ameaçador, tal como um céu nublado pode ameaçar chuva. Em raros momentos de minha juventude ele se tornou escuro e tempestuoso e quando isto ocorreu, resolvi o problema indo à drogaria e comprando um enorme pote de Jolen, um creme para clareamento. (Eu sempre tentava comprar um pote pequeno, mas não havia em estoque, pela óbvia razão de que é mais barato do que um pote grande). A ida à drogaria em geral era seguida, quase imediatamente, pela descoberta de vários potes de Jolen, pouco usados, em perfeitas condições, guardados no armário sob a pia do banheiro, onde eu os procurara – juro que sim – e não os vira. O creme para clareamento deixa o buço sobre o lábio superior exatamente da cor dos cabelos de Richard Gephardt, o que é melhor do que ficar com o buço da Frida Kahlo, mas não o deixa menos peludo do que você gostaria.

Então, um dia chegou a menopausa. E com ela o buço mudou: já não era latente, incipiente e ameaçador; tornou-se simplesmente visível. Por sorte, àquela altura, eu estava freqüentando o salão de uma linda cabeleireira russa chamada Nina, no Upper West Side de Manhattan, que, descobri, era especialista em algo que ela chamava de laçar, um método fantástico e eletrizante de remover pêlos que ela aprendera na Rússia e que, pelo que sei, foi a única coisa em que os russos conseguiram superar os norte-americanos em cinqüenta anos de guerra fria. Laçar envolve linha – linha de costurar – um fio longo que é torcido e trançado em uma espécie de cama-de-gato que remove os pêlos de modo rápido e doloroso (embora, devo admitir, não tão doloroso quanto um parto). O resultado dura um mês.

Durante muito tempo, o método me pareceu um acréscimo maravilhoso e pouco pesado à minha rotina de manutenção. Nina fazia meus cabelos duas vezes por mês e gastava mais cinco minutos para depilar com linha o meu buço – além, naturalmente, dos dez minutos para as sobrancelhas, embora minha franja seja tão comprida que nem deixa visível que tenho sobrancelhas, e menos ainda que precisem ser arrancadas. Enquanto cuidava do buço Nina parecia pensar (e admitamos, eu também) que poderia cuidar também das sobrancelhas. Tirar as sobrancelhas com linha é muito mais caro e muito mais doloroso (embora, devo salientar, não tão doloroso quanto um parto) e faz a pessoa espirrar sem parar. O que é, no entanto, um pequeno preço a pagar. Na verdade, o preço da fiação é mínimo considerando o belo acetinado final.

Infelizmente, porém, há uns dois anos, mudei-me do Upper West Side para o Upper East Side de Manhattan, levando comigo o buço, mas deixando para trás Nina e sua irresistível proximidade geográfica. Agora preciso acrescentar o tempo de trajeto (e a tarifa do táxi) ao custo da depilação.

Por outro lado, com relação aos pêlos indesejáveis, sou obrigada a informar que gasto muito menos tempo me depilando com cera do que no passado (e não é sempre que se encontra esta informação naqueles livretos animadores e idiotas sobre a menopausa) porque a partir de certo momento começamos a ter uma quantidade bem menor de pêlos nas partes em que costumávamos ter um matagal. Quando adolescente, eu tinha uma amiga que era pioneira na depilação com cera – começou a depilar as pernas aos quinze anos, e isso foi em 1956, quando este método de depilação era praticamente desconhecido. Ela me garantiu que se eu não começasse a depilar as pernas – se insistisse em raspá-las como os mortais no mundo inteiro – os pêlos iriam crescer cada vez mais depressa e por fim eu iria parecer uma ursa. Isto não se comprovou. Pode-se raspar as pernas durante anos que elas não ficam muito mais peludas do que quando os pêlos nasceram. Além disso, depois de certa idade, eles ficam menos numerosos. Imagino que na altura em que eu tiver oitenta anos, poderei remover os pêlos indesejáveis das pernas com duas pinçadas.

Por outro lado, a depilação do meu biquíni, como o chamo, é apenas um breve episódio naquilo que as revistas de moda chamam de rotina de beleza, e graças à minha habilidade de evitar usar maiô exceto em raras ocasiões, raramente preciso depilá-lo. (Antigamente, porém, depilar o biquíni com cera não era apenas doloroso – era realmente tão doloroso quanto um parto. Eu suportava a dor fazendo exercícios respiratórios que aprendera nas aulas de parto sem dor. Recomendo-os enfaticamente embora não para fazer durante o parto, porque neste caso são virtualmente inúteis.) Compreendo que algumas mulheres jovens removam inteiramente os pêlos púbicos, ou lhes dêem formas topiárias, triângulos e corações, entre outras tantas. Graças a Deus sou velha demais para isso.

A propósito da dor do parto, eu gostaria de inserir um breve e irrelevante comentário: Por que tem gente que diz que esquecemos a dor do parto? Não esqueci a dor do parto. Meu parto doeu. Doeu muito. O fato de que no momento eu não esteja sentindo dores e não seja capaz de simular a dor do parto não significa que a tenha esquecido. No momento não estou saboreando um maravilhoso pedaço de frango grelhado que certa vez experimentei em Asolo, na Itália, em 1982, mas lembro-me dele nitidamente. Posso descrever com exatidão o gosto que tinha, e excetuando a vez em que voltei ao restaurante, seis anos depois, e pedi o mesmo frango (e ele foi servido, surpreendentemente com o mesmo gosto delicioso que eu lembrava), nunca provei um frango mais crocante, saboroso ou sumarento. A música terminou, mas a melodia perdura, e isto se aplica também à dor do parto – mas não em termos positivos.

GINÁSTICA

Eu gostaria de estar em forma. Tenho uma amiga que se levanta todo dia às cinco horas da manhã e faz um triatlon básico. Não estou exagerando. Ela é uma mulher de ferro. Levanta pesos. Faz maratonas. Anda horas de bicicleta. No verão passado, teve aulas de natação e em uma semana já estava falando em dar a volta à ilha de Manhattan a nado. Há alguns verões resolvi praticar natação e em uma semana apanhei uma infecção no ouvido. Vocês já tiveram isso? É uma tortura. A água chocalha dentro do ouvido e coça tanto que acorda a gente durante a noite, e não há absolutamente possibilidade de alívio, exceto enfiando o dedo nos miolos. Minha teoria sobre Van Gogh é que ele cortou a orelha porque cometeu o erro de começar a praticar natação.

Seja como for, eu gostaria de ficar em forma. Falo sério. Mas toda vez que tento ficar em forma, acontece alguma coisa que inviabiliza minha boa intenção. Vamos deixar isto bem claro. Toda vez que fico em forma, alguma coisa degringola.

As ginásticas, como você sabe, surgiram tarde na história da civilização. Até 1910 mais ou menos as pessoas se exercitavam o tempo todo, mas não davam a isso o nome de ginástica – achavam que era a vida. Precisavam se deslocar de um lugar a outro em geral a pé, colher as safras e fazer a guerra. Então inventaram o automóvel (isto para não falar do tanque Sherman), o que, pode-se dizer, conduziu ao que temos hoje – um país povoado de gente que não se exercita (e é muitas vezes obesa) e um universo paralelo de gente que se exercita demais (mas nem por isso é magra demais). Eu própria oscilo entre os dois universos. Gasto tempo para ficar em forma; em seguida alguma coisa desanda, e gasto tempo igual me recuperando fora de forma; então me restabeleço e fico em forma; e logo alguma coisa desanda. Até o momento, em matéria de coisas que dão errado, consegui o seguinte: distendi a coluna lombar fazendo agachamentos; desloquei o quadril direito na esteira; fissurei o osso da canela correndo e destruí o pescoço girando a cabeça. Há alguns anos, durante um período em que me dediquei seriamente a me exercitar, me mandaram uma fita do filme *Chicago* e cometi o erro de confundi-lo com um vídeo de ginástica. Foi, sem dúvida, o melhor vídeo de exercícios que já usei para fazer ginástica. Seria capaz de levantar pesos eternamente assistindo-o. Pela primeira vez em minha vida de ginasta não me entediei. Podia representar Catherine Zeta-Jones e depois Renée Zellweger. Andava empertigada pelo meu apartamento agitando pesos de dois quilos e meio para cá e para lá cantando "All that jazz". Nunca fui tão feliz fazendo ginástica. Mas, ao fim de três semanas, acordei certa manhã com uma dor terrível e descobri que não conseguia mexer os braços. Depois de gastar alguns milhões de dólares em consultas médicas constataram que eu paralisara não um ombro, mas os dois, em conseqüência (naturalmente) do levantamento de pesos demais por tempo demais. Levei dois anos só para destravar os ombros e, nesse meio tempo, me conformei com a perspectiva de nunca mais poder coçar as costas (ou puxar o fecho de um vestido). (Não que eu use vestidos, mas suponhamos que usasse.) Agora recomecei a me exercitar. Tenho um *personal trainer*. Tenho a minha esteira. Tenho o meu aparelho de televisão diante da esteira. Exercito-me quase quatro horas por semana, o que é ainda pior que morar na Filadélfia (mas não que estar em trabalho de parto).

PELE

No meu banheiro há muitos frascos. Há também muitos potes. A maioria desses frascos e potes contém produtos para a pele, embora nenhum deles contenha algo que atenda meramente pelo nome de "creme para a pele". Em lugar disso contêm creme para o rosto, ou loção para as mãos ou para o corpo ou para os pés. Lembra quando você era jovem? Havia apenas Nívea. A vida era tão simples! No íntimo eu sei que todos os rótulos nos frascos e potes são caprichosos e arbitrários e se destinam a fragilizar mulheres deploráveis como eu que gastam somas astronômicas em produtos inúteis; por outro lado, você nunca me verá usando loção para os pés no meu rosto.

Aqui em casa, por exemplo, bem do lado da pia, há um frasco de uma coisa chamada Stri-Vectin-SD. Em 2004, durante exatos cinco minutos pensou-se que Stri-Vectin-SD fosse a Fonte da Juventude. Em lugar disso descobriu-se que era apenas uma loção para a pele, cujo frasco custava um braço e uma perna. Entretanto, por um breve e ofuscante momento, acreditei que era a solução para tudo. A mulher que me vendeu o produto no balcão de cosméticos comportou-se como se estivesse me passando clandestinamente uma garrafa de uísque na época da Lei Seca. Tinha acabado de chegar, sussurrou. Estava no porão. Não podiam deixá-lo à mostra senão desapareceria em um piscar de olhos. Só podiam oferecê-lo a determinados clientes.

Agora o frasco está sobre a bancada do banheiro ocupando espaço, ao lado de outros testemunhos semelhantes da minha credulidade – relíquias do tempo do Retin-A, da era do ácido glicólico e do período La Prairie. Uma de minhas boas amigas certa vez me deu um frasquinho de creme La Mer, que imagino ter custado uns cem dólares a colherinha. Eu ainda o guardo porque é valioso demais para ser usado.

A questão é que tenho creme para o meu rosto. Tenho loção para os meus braços e pernas. Tenho óleo para o meu banho. Tenho vaselina para os meus pés. Nem dá para dizer quanto tempo passo esfregando esses umectantes em mim. Continuo, no entanto, a ter espinhas no rosto e asperezas nos braços e pernas. E tem mais, a pele das minhas costas é tão seca que quando eu tiro uma suéter preta parece que estive em uma nevasca, e a pele dos meus calcanhares tem a consistência de uma bucha.

Com certeza omiti alguma coisa em termos de manutenção. O mundo da manutenção muda a cada segundo e eu talvez não conheça tudo que as mulheres da minha idade andam fazendo. (Ainda outro dia, por exemplo, almocei com uma amiga que me garantiu que eu ainda não tinha vivido se não experimentara um tratamento facial que aparentemente incluía um leve choque elétrico.)

O que sei é que gasto um tempo enorme tapando o sol com a peneira, e isto sequer inclui todas as coisas que prometi não fazer – as coisas patéticas. Submeti-me a vários tratamentos que são quase uma cirurgia plástica. Cheguei a mandar substituir todas as obturações em minha boca por material branco, e, juro por Deus, isso reduziu a minha idade em seis meses. De tempos em tempos, o dermatologista injeta uma dose de restilene no meu queixo, o que preenche as partes flácidas. Já apliquei botox duas vezes em uma ruga na testa. Certa vez cheguei a mandar engrossar os lábios com uma injeção de gordura, mas fiquei parecendo um pato de histórias em quadrinhos, por isso não repeti a dose.

Contudo, ainda outro dia, na rua, passei por uma sem-teto. Jamais entendi as feministas quando insistiam que a idéia de se tornarem mendigas as apavorava, mas ao observar a mulher se arrastando pela rua, finalmente compreendi pelo menos a minha versão do problema. Não quero ser melodramática, jamais me tornarei mendiga. Encontro-me, porém, à distância de apenas oito horas por semana de ter exatamente a mesma aparência daquela mulher de rua – os cabelos grisalhos e crespos despenteados que provavelmente seriam os meus se eu parasse de pintá-los; a barriga grande que eu decididamente teria se comesse metade do que penso em comer todos os dias; as unhas sujas, os lábios rachados, o buço e as sobrancelhas peludas aos quais eu estaria fadada se passasse duas semanas em uma ilha deserta.

Oito horas por semana para começar. Quando eu finalmente atingir os setenta, com certeza estarei gastando pelo menos duas vezes mais tempo. O único consolo em tudo isso é que quando eu estiver bem velha e virtualmente incapaz de obter um emprego pelo menos terei com que me ocupar. Supondo, é claro, que não tenha gasto todo o meu dinheiro para fazê-lo.

CEGA COMO UMA TOUPEIRA

Não consigo ler uma palavra em mapas. Sei que estamos rumando para leste na Rodovia 110, porque acabamos de passar por uma enorme placa que nos informa isto. Agora parece que estamos em Fort Salonga. Tenho certeza de que Fort Salonga está no mapa, mas não consigo achar os meus óculos de perto, daí não posso ler o mapa. Uma das melhores coisas para quem sabe ler mapa, o que eu conseguia fazer sem óculos, é que a gente não está realmente perdida se é capaz de se localizar no mapa. Este tempo, porém, acabou; estamos perdidos. Odiamos estar perdidos. Eu odeio estar perdida, ele odeia estar perdido e nosso casamento odeia estar perdido. Por outro lado, tenho que admitir, estamos nos habituando. E, porque é minha culpa (e não do meu marido) que eu não consiga encontrar meus óculos de perto, embora seja culpa dele (e não minha) que não haja uma lupa no porta-luvas do carro, digo coisas joviais do tipo "Bom, pelo menos estamos indo na direção certa". Meu marido responde coisas joviais do tipo "Bom, nunca viemos por este caminho antes, e talvez seja interessante". E ele tem razão. Talvez seja interessante. Exceto que está muito escuro fora do carro e a única coisa que posso ver claramente é uma placa informando que estamos rumando para leste na Rodovia 110 passando por Fort Salonga. Onde quer que isto seja.

Não consigo ler uma palavra no catálogo de telefones. Quando eu era uma jovem repórter, sempre começava por uma consulta ao catálogo. Você ficaria surpresa com a quantidade de pessoas que havia ali na lista esperando serem encontradas. Anos mais tarde, tentei passar esta informação aos meus filhos, mas eles me ignoraram. Eu ficava louca da vida. Meus filhos achavam que ligar para Informações não custava dinheiro, e ainda por cima apertavam a tecla 1 para a telefonista completar a ligação ao custo adicional de trinta e cinco centavos. Eu ficava ainda mais louca da vida. Agora que não sou capaz de ler as letrinhas miúdas do catálogo, sou obrigada a ligar para Informações. Falo com uma gravação. Sinto saudade da minha convivência com o catálogo de telefones. Sinto saudade do que significava. Auto-suficiência. Democracia. A crença de que podia encontrar o que procurava em um lugar a que qualquer pessoa do mundo tinha acesso. Só de pensar no catálogo de telefones meus olhos choram por um mundo em que todos – ou quase todos – estavam no catálogo e mais, era possível encontrá-los sem a ajuda de uma gravação incorpórea que não entende lhufas do que estou dizendo.

Não consigo ler uma palavra em cardápios. Não consigo ler uma palavra na programação semanal da TV. Não consigo ler uma palavra no livro de cozinha. Não consigo fazer palavras cruzadas. Não consigo ler uma palavra em lugar algum a não ser que tenha sido escrita em letras enormes, quanto maiores melhor. Ainda outro dia, no computador, abri um arquivo que escrevi há três anos e o tipo era tão pequeno que, para começar, nem imagino como escrevi aquilo. Eu costumava escrever em tipo 12; agora estou escrevendo em dezesseis e cogitando mudar para corpo dezoito ou até mesmo corpo vinte. Estou extremamente triste com tudo isso. Principalmente com a leitura, pura e simples. Quando passo por uma estante de livros, gosto de apanhar um volume para folheá-lo. Quando vejo um jornal em um sofá, gosto de sentar e lê-lo. Quando o correio chega, gosto de abrir a correspondência. Ler é uma das minhas principais atividades. Ler é tudo. Ler me faz sentir que realizei alguma coisa, aprendi alguma coisa, me tornei uma pessoa melhor. Ler me faz mais inteligente. Ler me dá assunto para conversar depois. Ler é o modo inacreditavelmente saudável com o qual meu déficit de atenção se medica. Ler é uma fuga e o oposto da fuga; é um modo de fazer contato com a realidade depois de passar o dia inventando, e é um modo de fazer contato com a imaginação de outro alguém depois de um dia em que tudo foi demasiado real. Ler é proveitoso. Ler é felicidade. Mas a minha capacidade de apanhar alguma coisa e ler – que jamais encontrou obstáculo durante toda a minha vida – agora depende inteiramente de que eu encontre meus óculos de perto. Procuro-os em volta. Por que não estão na sala? Comprei seis pares em uma promoção na semana passada e espalhei-os pela sala, porém não há nenhum à vista. Onde foram parar?

Odeio precisar de óculos de perto. Odeio não poder ler uma palavra sequer no mapa, no catálogo de telefones, no cardápio, no livro, ou em qualquer outro lugar sem óculos. E o frasco de pílulas! Esqueci de mencionar o frasco de pílulas. Diz ali para tomar duas a intervalos de quatro horas ou tomar quatro a intervalos de duas horas? Diz "Válido até 8/12/07" ou "Vencido. Acabou. Fim de papo"? Não faço idéia do que diz, e isto é sério. Eu poderia morrer por não ser capaz de ler a bula no frasco de pílulas. De fato, as letras impressas ali são tão mínimas que duvido que alguém seja capaz de lê-las. Não tenho certeza que fosse capaz, mesmo quando não precisava de óculos de perto. Mas quem se lembra?

SER MÃE EM TRÊS ESTÁGIOS

ESTÁGIO UM: A CRIANÇA NASCE

Quero começar dizendo que quando dei à luz os meus filhos, e isso não foi há tanto tempo assim, praticamente não existia a noção de mãe como a conhecemos hoje. Havia pais, é claro, e havia mães e pais (maternidade e paternidade), mas o conceito de "parentagem" estava em seus primórdios, se é que já existia.

Vejamos o que são pais: pais são pessoas que têm filhos. Vejamos o que isto envolve: você ama seus filhos, sai com eles de vez em quando, joga bola, lê histórias, verifica se sabem identificar um garfo de peixe, ensina-os a dizer "por favor" e "muito obrigado", ocasionalmente leva-os para cortar os cabelos, e indaga se fizeram os deveres de casa. Vez por outra, escapam de seus lábios frases que você jamais imaginou dizer (porque seus pais as diziam para você).

VOCÊ TEM IDÉIA DE QUANTO ISTO ME CUSTOU?

PORQUE ESTOU DIZENDO. SÓ POR ISSO.

EU DISSE *AGORA*.

PARE JÁ COM ISSO.

VÁ PARA O SEU QUARTO.

NÃO QUERO SABER O QUE A MÃE DA JESSICA DEIXA FAZER.

UMA TIARA? VOCÊ QUER UMA TIARA?

Antigamente, quando havia apenas pais, em contraposição a pessoas engajadas na criação dos filhos, ser pai ou mãe era muito simples. Não era preciso manual, e se você possuía algum, era o do dr. Spock, um pediatra, e você raramente o consultava a não ser que seu filho estivesse com febre alta, crupe ou ambos. Entendia-se que o filho tinha personalidade. Uma personalidade própria. Nascia com ela. Por um tempo esse filho convivia com você e sua personalidade e ambos faziam o máximo para sobreviver um ao outro.

"Na verdade eles nunca mudam", as pessoas costumavam dizer (naquele tempo) sobre os bebês. Isto era um conceito um tanto obscuro quando se era marinheira de primeira viagem. Exatamente o que nunca mudava em uma criança? É muitíssimo difícil conhecer a personalidade exata de um filho quando ele ainda é bebê. (Estou usando a palavra *personalidade* no sentido mais amplo, significando "o conjunto da obra".) Com o tempo, porém, o bebê em questão começa a manifestá-la, e você pode ter certeza, por incrível que pareça, essa personalidade se mantém igual ao longo do tempo. Por exemplo, quando a polícia lhe comunica que seu filho de oito anos acabou de atirar uma dúzia de ovos pela janela do seu apartamento no quinto andar da avenida West End, você não pôde deixar de lembrar dele aos catorze meses, sentado em uma cadeirinha alta, atirando vagens no chão e achando tal ação o maior barato.

Naquela época – e mais uma vez quero enfatizar que não estou me referindo ao século XIX, mas a alguns anos atrás – ninguém acreditava que poderia transformar um filho em um ser humano diferente do que ele era ao nascer. T. Berry Brazelton, o pediatra que superou Spock na década de 1980, era um discípulo de Piaget, e seus livros dividiam os bebês em tipos, entre eles o ativo e o calmo. Ele jamais sugeriu que o seu bebê calmo algum dia seria ativo ou vice-versa. O seu bebê era o seu bebê, e se ele a enlouquecia, ele a enlouquecia; e se ele ficava no berço observando feliz o móbile pendurado, era isto que se poderia esperar dele.

Tudo, porém, mudou por volta da época em que tive filhos. Pode-se culpar o movimento feminista – um dos princípios do feminismo era que uma vez que tantas mulheres estavam ingressando no mercado de trabalho, homens e mulheres deviam dividir a tarefa de criar os filhos; daí nasceu em inglês a palavra de gênero neutro "parentagem" e a necessidade de elevar a criação dos filhos a algo mais do que as infindáveis horas de trabalho a que isto realmente se resume. Por outro lado, pode-se culpar o contramovimento feminista – muitas mulheres não queriam ingressar no mercado de trabalho (e tampouco dividir a criação dos filhos com os maridos), mas isto fazia com que se sentissem culpadas, e se vissem obrigadas a sacralizar a criação dos filhos em tempo integral.

Seja como for, um belo dia, criaram a tal "parentagem". Parentagem era coisa séria. Parentagem era candente. Parentagem era solene. *Parentagem* era um processo contínuo como *indo, fazendo, participando* de uma cruzada e se *preocupando*; era uma palavra ativa, era dinâmica, era incansável. Parentagem significava tocar CDs de Mozart durante a gravidez, não tomar anestesia, amamentar o filho até ele ter idade suficiente para desabotoar sua blusa. A parentagem começava pela pressuposição de que seu filho era um pedaço de argila que podia ser moldado (mediante trabalho árduo, alimentação de dados e reforço positivo) até se tornar uma pessoa perfeita que um dia entraria para a faculdade de sua escolha. Parentagem não era simplesmente criar o filho, era transformar esse filho, alimentá-lo à força como se faz com gansos para produzir patê, alterar, modificar, manipular, alisar, aperfeiçoar esse filho. (O interessante é que a sociedade tenha passado a acreditar na perfeição da criança da mesma forma que passou a acreditar na teoria conflitante de que virtualmente tudo na natureza humana é genético – comprovando assim que quem disse que a capacidade de entreter dois pensamentos contraditórios ao mesmo tempo é sinal de inteligência não sabia o que estava dizendo.)

Tornou-se necessário, também, engajar pessoas de todo o tipo para atingir o ideal de transformação da parentagem – babás-enfermeiras, terapeutas do sono, psicanalistas, orientadores educacionais, terapeutas de família, fonoaudiólogos, professores particulares – e, se necessário fosse, medicação para alterar comportamentos, que, por coincidência ou não, foi inventada quase ao mesmo tempo em que a parentagem passou a existir.

A parentagem trazia em seu bojo a premissa de que qualquer tempo é tempo qualitativo se o pai ou a mãe estiverem cuidando do filho. Em conseqüência, exigia que os pais estivessem presentes nas atividades mais mundanas – assistir, torcer e, se necessário, treinar, ainda que isto significasse abrir mão do próprio fim de semana para dirigir três horas e vinte minutos de ida e de volta para se sentar em um vestiário escuro ao lado do ginásio onde o filho querido seria fragorosamente derrotado em um torneio de xadrez, que você não tinha permissão de observar porque sua simples presença no ginásio representaria uma pressão injusta sobre o pimpolho. (A disponibilidade dos pais em qualquer lugar e a qualquer hora produziu o interessante efeito colateral de fazer as escolas confiarem a eles a supervisão de todo tipo de evento antes realizada por profissionais treinados.)

A parentagem significava que quer seus filhos o compreendessem ou não, sua obrigação era compreendê-los; a compreensão era a chave de tudo. Se seus filhos acreditassem que você os compreendia, ou pelo menos tentava compreendê-los, não a odiariam quando entrassem na adolescência; além disso, seriam adultos felizes, bem-ajustados que nunca precisariam gastar o dinheiro deles (ou, mais provavelmente, o seu) em psicanálise ou no método de auto-aperfeiçoamento que tivesse entrado na moda para substituí-la.

A parentagem usava uma linguagem completamente diferente da simples criação de filhos, uma linguagem que você jamais escreveria com letras maiúsculas para deixar claro que a usara impulsivamente ou com raiva. E que seria mais ou menos assim:

> Tenho certeza de que você não teve intenção de quebrar o vaso antigo da Mamãe, querido.
>
> Devíamos conversar sobre o que aconteceu.
>
> Sei que agora você deve estar se sentindo frustrado e aborrecido.

Por que não fica um tempinho em seu quarto e volta quando estiver se sentindo melhor?

Se você quiser, posso ligar para a mãe de Jessica para saber o que ela acha.

Se você terminar o seu dever de casa, poderemos conversar sobre a tiara.

ESTÁGIO DOIS: A CRIANÇA TORNA-SE ADOLESCENTE

A adolescência surge como um baita choque para os pais modernos, em grande parte por se parecer tanto com a adolescência que eles próprios viveram. Seu adolescente é mal-humorado. Seu adolescente é raivoso. Seu adolescente é mesquinho. Na verdade, seu adolescente é cruel com você.

Seu adolescente diz palavras que eram proibidas quando você era criança, não que você sequer as tivesse aprendido antes de ler *O apanhador no campo de centeio*. Seu adolescente provavelmente está fumando maconha, que você pode até ter fumado, mas não antes de fazer no mínimo dezoito anos. Seu adolescente certamente está tendo relações sexuais completamente impróprias e sem sentido, coisa que você não experimentou até completar vinte anos, se é que chegou a experimentar. Seu adolescente tem vergonha de você e anda dez passos à sua frente para que ninguém pense, sequer remotamente, que os dois se conhecem. Seu adolescente é ingrato. Você tem uma vaga lembrança de ter sido acusada por seus pais de ingratidão, mas o que havia para agradecer? Quase nada. Seus pais não praticavam a parentagem. Eram apenas pais. Pelo menos um deles bebia como um gambá. Mas você, você foi exemplar. Dedicou anos a fazer seus filhos sentirem que você prezava cada emoçãozinha que eles algum dia sentiram. Você ocupou cada segundo que eles estiveram acordados com atividades culturais. As palavras "estou entediado" jamais saíram dos lábios deles, porque não tiveram tempo de sentir tédio. Seus filhos tiveram tudo que você pôde dar – tudo e mais alguma coisa, se incluirmos os tênis. Você os ama apaixonadamente, bem mais do que seus pais a amaram. Contudo, eles parecem ser exatamente iguais aos adolescentes de todos os tempos. Só que piores. Como foi que isto foi acontecer? Onde foi que você errou?

E, ainda, graças aos modernos avanços em nutrição, o seu adolescente é grande, provavelmente maior do que você. A mesada semanal do seu adolescente equivale ao produto nacional bruto de Burkina Faso, um país africano pequeno e assolado pela miséria, de que nem você nem seu adolescente ouviram falar até recentemente, quando os dois passaram vários dias fazendo um trabalho escolar encomendado pelo professor de estudos sociais.

Seu adolescente mudou, mas não do jeito que você teve esperança que mudasse quando começou a moldá-lo ainda bebê. E você também mudou. O ser humano moderadamente neurótico, razoavelmente animado que você era transformou-se em um destroço irritável, implicante, maltratado.

Contudo, não se preocupe. Existe um lugar onde você pode buscar ajuda. Pode procurar todos os terapeutas e conselheiros que visitou nos anos que antecederam a adolescência dos seus filhos, os terapeutas e conselheiros que puderam mandar os próprios filhos às melhores universidades graças à sua permanente confiança neles.

E eles lhe dirão o seguinte:

- A adolescência é para os adolescentes e não para os pais.
- Foi inventada para ajudar os filhos apegados – ou excessivamente apegados – aos pais a se desapegarem, preparando-os para o momento inevitável em que deixarão o ninho.
- Há coisas que você pode fazer para facilitar sua vida.

Este conselho lhe custará centenas – ou milhares – de dólares, dependendo se você vive em uma grande metrópole ou em uma cidade pequena. E é totalmente falso:

- A adolescência é para os pais e não para os adolescentes.
- Foi inventada para ajudar os *pais* apegados – ou excessivamente apegados – a se desapegarem, preparando-os para o momento inevitável em que seus filhos deixam o ninho.
- Não há quase nada que você possa fazer para facilitar sua vida exceto aguardar que esse estágio termine.

A propósito, há uma piada antiga que provavelmente foi inventada por alguém com filhos adolescentes. Não que eu saiba contar piadas bem. E mesmo que soubesse, você não poderia apreciar a piada devidamente, porque ela exige muito tempo para contar e aquele sotaque judeu que as pessoas usam quando contam piadas sobre velhos rabinos. Enfim, um casal foi procurar um rabino. "Que posso fazer por vocês?" perguntou o rabino. "Estamos passando um problema terrível, rabino", disse o casal. "Temos cinco filhos, moramos todos em uma casa com um único cômodo e estamos nos enlouquecendo mutuamente". O rabino disse: "levem um carneiro para dentro de casa". Então eles levaram o carneiro. Uma semana depois eles voltaram a procurar o rabino e lhe disseram que as coisas nunca tinham estado piores, e ainda por cima havia o carneiro. "Levem uma vaca para dentro de casa", disse o rabino. Na semana seguinte eles tornaram a aparecer para se queixar, porque as coisas estavam muito piores agora que havia a vaca. "Levem um cavalo para dentro de casa", disse o rabino. Na semana seguinte o casal foi mais uma vez procurar o rabino e lhe disse que as coisas estavam piores que nunca. "Então vocês estão prontos para a solução", disse o rabino. " Expulsem os animais de casa."

ESTÁGIO TRÊS: O FILHO VAI EMBORA

Ah, o drama do ninho vazio. A ansiedade. A apreensão. Como será a vida? Os dois terão o que conversar depois que os filhos se forem? Vão ter relações sexuais agora que a presença dos filhos deixou de ser uma desculpa para não tê-las?

Chega finalmente o dia. Seu filho vai para a faculdade. Você espera a melancolia. Mas antes que ela baixe – antes mesmo que haja tempo para ela baixar – ocorre um fato chocante: seu filho retorna. O ano acadêmico nas faculdades americanas aparentemente consiste de uma série de curtos períodos de aulas interrompidos por longas férias. As férias não são chamadas de "férias", são "intervalos" e "períodos de recuperação". Há faculdades que fazem intervalos até mesmo em outubro. Quem já ouviu falar de intervalos em outubro? Tomando por base estritamente a diária, seu filho poderia estar hospedado em um bom hotel parisiense pelo mesmo preço que você está pagando pela hospedagem e alimentação na faculdade.

Seja como for, dessa maneira os quatro anos passam depressa. Seus filhos vão. Seus filhos voltam. A anuidade aumenta.

Finalmente, um dia a faculdade termina e eles partem de vez.

O ninho ficou realmente vazio.

Você continua a ser um dos pais, mas os seus dias de parentagem terminaram.

E agora?

Deve haver alguma coisa que você possa fazer.

Não há.

Não há nada que você possa fazer.

Pode acreditar.

Se você sentir saudades das atividades contínuas e diárias exigidas do pai ou da mãe modernos, há uma solução: arranje um cachorro. Não estou recomendando, porque cachorros exigem uma enorme dedicação, mas sem dúvida eles dão trabalho. Além do mais são muito amorosos e, o mais importante, são acríticos. E podem ser treinados.

Mas é só o que você pode fazer.

Nesse meio-tempo, sobrou um quarto. O quarto do seu filho. Em circunstância alguma, conserve o quarto do seu filho como ele o deixou. O quarto do seu filho não é um santuário. Não vai ser transformado em museu. Faça dele sua sala íntima, sala de ginástica, quarto de hóspedes, ou (se você já tem os três) em quarto para embrulhar presentes de Natal. Faça-o o mais cedo possível. Deixar o quarto do seu filho como está pode encorajá-lo a voltar para casa. E você não quer que isso aconteça.

De vez em quando, porém, seus filhos vêm visitá-la. Para sua surpresa, são pessoas inteiramente encantadoras.

Você nem acredita em sua sorte de conhecê-los. Eles fazem você rir. Eles fazem você se orgulhar. Você os ama apaixonadamente. Eles sobreviveram a você. Você sobreviveu a eles. Ocorre-lhe o pensamento de que, de certa maneira, faz horas, dias, meses e anos que você não os desafia, mas não leve isso em consideração. Não vale a pena. Acabou.

Exceto pela preocupação.

A preocupação é para sempre.

MUDANÇA EM NOVA YORK

Em fevereiro de 1980, dois meses após o nascimento do meu segundo filho e o fim simultâneo do meu casamento, eu me apaixonei. Estava procurando um lugar para morar, e uma tarde entrei em um apartamento do Upper West Side em Manhattan, e meu coração parou. Apaixonei-me perdidamente. Era aquele. À primeira vista. Eureca. Dei dez passos para dentro e disse: "Fico com ele."

O apartamento era enorme. Localizado no quinto andar do Apthorp, um famoso edifício de pedra na esquina da Broadway com a rua Setenta e Sete. O aluguel mensal era de mil e quinhentos dólares – o que, para os padrões de Manhattan, era praticamente uma pechincha. Além dessa quantia, eu precisava pagar ao inquilino anterior vinte e quatro mil dólares pelas chaves, ou seja, pelo direito de ocupar o apartamento. Eu não tinha vinte e quatro mil dólares. Fui a um banco e pedi um empréstimo. Ninguém no edifício acreditou que eu quisesse pagar tanto pelas chaves de um apartamento alugado. Era uma quantia astronômica. O apartamento, no entanto, possuía belos cômodos, a maioria pintada de amarelo-gema (o que poderia ser facilmente mudado); tetos altos, muita claridade, duas lindas lareiras (embora inoperantes); e cinco, contem comigo, cinco quartos. Tive a impressão de que se morasse vinte e quatro anos no edifício, o pagamento se amortizaria à taxa de mil dólares por ano, um juro muito pequeno – apenas dois dólares e setenta e quatro centavos por dia, inferior ao custo de uma xícara de cappuccino no Starbucks. Não que o Starbucks existisse naquela época. Nem que eu estivesse planejando morar vinte e quatro anos no Apthorp. Estava planejando morar lá para o resto da vida. Até que a morte nos separasse. Portanto a amortização seria ainda menor. Foi assim que calculei. (Devo salientar que normalmente não uso a palavra "amortizar" a não ser que esteja tentando provar que alguma coisa, na realidade acima das minhas possibilidades financeiras, é não somente uma pechincha, mas praticamente de mão beijada. Para tanto, divido o custo da mercadoria pelos vários anos que pretendo usá-la, e se isto não me convencer, pelo número de dias ou horas ou minutos até chegar a um número que seja inferior a uma xícara de cappuccino.)

Mas vamos esquecer o dinheiro. Esta não é uma história de dinheiro. É uma história de amor. E todas as histórias de amor começam com certa racionalização.

Nunca planejara morar no Upper West Side, mas depois de algumas semanas, não conseguia me imaginar morando em outro lugar, e comecei, à minha maneira, a transformar o bairro em um objeto de culto. Provavelmente isto foi conseqüência de minha falta de religião vida afora, mas não importa. Eu estava a um quarteirão da H&H Bagels e da Zabar's. A meio quarteirão do metrô. Havia uma banca 24 horas do lado oposto da rua. Na esquina havia o La Caridad, o maior restaurante sino-cubano do mundo, ou assim contei aos meus amigos, e transformei-o em culto também.

O meu verdadeiro fanatismo religioso, porém, fixou-se no próprio Apthorp. Acreditei sinceramente que no momento mais deprimente de minha vida eu fora salva por um edifício. Tudo bem, estou sendo melodramática, mas era nisso que eu acreditava. Tinha deixado a cidade de Nova York um ano antes para morar em Washington, D.C. e sinceramente imaginara que seria para o resto de minha vida. Tinha tentado me animar com a idéia. Mas a medonha realidade não parava de me atropelar. Eu olhava pela janela do meu apartamento em Washington, de onde se descortinavam os leões do Zôo Nacional. Os leões do Zôo Nacional! Ah, as metáforas de cativeiro que assomavam à minha mente! Os leões viviam em um espaço amplo e confortável, como eu, tinham comida abundante, como eu. Mas estavam felizes? Et cetera. De outras vezes, eu me sentia em um velho anúncio de tintura de cabelos Clairol – "Se eu tivesse apenas uma vida para viver, queria vivê-la loura". Essas palavras ecoavam em meu cérebro, embora a minha versão não tivesse qualquer relação com a cor dos cabelos. Se eu tivesse apenas uma vida para viver, pensava eu cheia de autocomiseração, por que vivê-la aqui? Então, é claro, lembrava-me do porquê: estava casada e meu marido vivia em Washington, eu estava apaixonada por ele, tínhamos um filhinho e outro a caminho.

Quando o meu casamento terminou, percebi que nunca mais teria de me preocupar se o bairro em que morávamos algum dia teria uma loja de queijos. Estaria livre para voltar a viver em Nova York – que era não só a Grande Maçã mas a Central do Queijo. Não tinha, porém, grande esperança de encontrar um apartamento para alugar dentro do meu orçamento e onde houvesse espaço para todos nós.

Sempre que alguém deixa um apartamento em Nova York e se muda para outra cidade, a cidade surge a seus olhos com o que tem de pior. Um conhecido meu me disse com muita propriedade que a expressão "É um bom lugar para visitar, mas não para morar" é totalmente falsa em relação a Nova York; é justamente o contrário. Nova York é uma cidade muito habitável. Mas quando a pessoa se muda e vira visitante, a cidade se volta contra ela. É muito mais cara porque você tem de fazer as refeições fora e pagar para dormir, e se torna muito menos hospitaleira. As coisas mudam em Nova York; as coisas estão sempre mudando. Quem mora aqui não liga; isto faz parte da mítica cafeinada desta cidade que nunca dorme. Mas quando a pessoa se muda, sente as mudanças como traições. Você anda pela Terceira Avenida pensando em comprar um brownie em uma confeitaria a que sempre foi fiel e a confeitaria sumiu. Seu tintureiro se muda para a Flórida; seu dentista se aposenta; a mulher que vendia tortas na rua Quatro Oeste se evapora; o *maître* do P.J. Clarke se demite, e você percebe que terá de recomeçar do nada, conquistando, aos pouquinhos, o coração da jovem elegante e fria à porta. Você se virou um minutinho e, plim!, tudo mudou. Você era íntima, nativa, usuária do metrô, uma fonte de dicas para o que havia de bom, e agora se tornou uma reles visitante freqüente, enfiada em um táxi na Grand Central Parkway, entrando e saindo do aeroporto La Guardia. Então, lê que os aluguéis em Manhattan estão subindo cada vez mais, que alcançaram a estratosfera. Parece que no momento em que você deixou a cidade cercaram-na com um muro e você jamais será capaz de galgá-lo para regressar. Encontrar o apartamento no Apthorp me pareceu um milagre urbano. Encontrara um porto seguro. E a arquitetura do edifício contribuía para a ilusão. O Apthorp, construído em 1908 pela família Astor, é do tamanho de um quarteirão. Visto da rua tem um aspecto pesado e absurdo de Europa Central, sólido como um petroleiro, mas seu núcleo é um grande pátio com duas belas fontes de mármore e um jardim encantador. Entra-se no pátio e a cidade se distancia; você se vê abraçada por um belo parque protegido. Há bancos de pedra onde se pode sentar à tarde enquanto seus filhos correm alegremente, andam de bicicleta, brigam entre si e ameaçam cair na fonte e se afogar. Na primavera há tulipas e azáleas, no verão, hortênsias azuladas.

A maioria dos não-moradores de Nova York não faz idéia que os nova-iorquinos tenham exatamente a mesma noção de vizinhança que se pensa existir nas pequenas cidades dos Estados Unidos. No Apthorp, esta noção é ampliada porque o pátio oferece inúmeras oportunidades para os moradores se encontrarem e, com o tempo, aprenderem os nomes uns dos outros. No Halloween, os pais de filhos pequenos transformavam os lampiões do pátio em fantásticos fantasmas com cabeça de abóbora; em dezembro os senhorios erguiam um menorá elétrico, que convivia com a árvore natalina cheia de luzinhas pisca-pisca.

Por acaso eu tinha vários conhecidos que moravam no edifício e alguns se tornaram meus amigos íntimos porque éramos vizinhos. O homem que eu estava namorando, e com quem acabei casando, conseguiu arrendar um apartamento de cobertura. Minha irmã Delia e o marido se mudaram para o Apthorp; ela também planejava morar ali até morrer. Quando Delia e eu trabalhávamos juntas em roteiros para filmes, ela só precisava descer do seu apartamento, atravessar o pátio e subir ao meu; em dias chuvosos, podia até usar um caminho subterrâneo. Minha amiga Rosie O'Donnell alugou um apartamento na cobertura e ficou de tal forma encantada com um porteiro de nome George e forte personalidade, que o levou para ser entrevistado em seu programa de TV. George, como a maioria dos porteiros do Apthorp, não abria a porta – que, por sinal era um portão de ferro enorme e pesado; para abri-lo sempre precisávamos desesperadamente de ajuda. Mas ele fornecia um noticiário sobre todos os moradores do edifício e sempre que eu voltava para casa me informava o paradeiro do meu marido, dos meninos, da babá, da minha irmã, do meu cunhado e até de Rosie – que pintou o apartamento cor de laranja, cobriu as paredes de prateleiras para exibir sua coleção de bonequinhos do McDonald's, discutiu com os vizinhos por causa dos seus cachorros, brigou com o senhorio porque a máquina de lavar roupa era irremediavelmente ligada ao ralo da banheira e se mudou. Fiquei perplexa. Não conseguia acreditar que alguém abandonasse o Apthorp voluntariamente. Eu jamais sairia. Teriam de me carregar defunta, eu dizia.

De vez em quando uma ambulância parava no pátio e de fato levava o cadáver de algum inquilino, e minutos depois o senhorio era soterrado por indagações sobre uma possível vaga, a maior parte delas feita por moradores que tinham visto a ambulância entrar e sair (ou tinham sabido por George) e queriam se mudar para um apartamento maior.

Quando eu me mudei, o Apthorp era propriedade de três idosos – embora, pensando bem, eles não fossem muito mais velhos do que sou hoje. Um deles era um cavalheiro gentil e encantador, que participava ativamente de todo tipo de organização beneficente para os sobreviventes do Holocausto. Ele teve uma vida longa o suficiente para ser processado por vários delitos, nenhum deles incluindo o crime de que eu sabia que era culpado, ou seja, rechear os bolsos com pagamentos em dinheiro feitos por pessoas que ou estavam se mudando para o edifício ou saindo dele. Eu gostava muito dele e da Porsche vermelha que dirigiu até o dia em que o levaram para o hospital. Ali ele recebeu sua última bolada, de vizinhos meus, e em seguida morreu. A bolada, incidentalmente, era de cinqüenta mil dólares – parte dos duzentos e oitenta e cinco mil em dinheiro que meus vizinhos tinham cobrado pelas chaves a um novo inquilino pelo direito de alugar o apartamento. Isso mesmo. Alguém pagou duzentos e oitenta e cinco mil dólares para morar no Apthorp. Como isso foi possível? O que essa gente pensava? Na verdade era fácil imaginar: pensavam que em cinqüenta e seis anos os duzentos e oitenta e cinco mil dólares seriam amortizados em pagamentos equivalentes a quatro cappuccinos por dia. Grandes cappuccinos. Enormes cappuccinos.

Morei no Apthorp em estado de atordoante delírio por uns dez anos. A água da banheira por vezes saía ferruginosa, provavelmente havia pó de amianto nos radiadores e o exterior do edifício estava incrustado de fuligem. E, ainda por cima, havia ratos. Quem se importava? Meu aluguel aos poucos foi subindo – a lei de tabelamento de aluguéis dava aos senhorios o direito de aumentar o aluguel aproximadamente oito por cento a cada dois anos – mas o apartamento continuava a ser uma pechincha. Àquela altura, iniciara-se a expansão imobiliária em Nova York e os jornais estavam cheios de notícias chocantes sobre o aumento dos aluguéis; estavam alugando conjugados em Manhattan por dois mil dólares por mês. Eu estava pagando a mesma quantia por oito cômodos. Sentia-me um gênio.

Nesse meio-tempo, inquilinos insatisfeitos processavam o senhorio por vários motivos. Eu não conseguia entender. O que eles queriam? Serviços? Uma pintura de vez em quando? A substituição espontânea de um equipamento quebrado? Havia moradores que chegavam a reclamar que o edifício não permitia a entrega de comida chinesa porta a porta. E daí? Todo fim do dia, quando entrava no pátio, eu tornava a me apaixonar.

Meus sentimentos foram perfeitamente resumidos por um policial que apareceu certa noite para resolver uma discussão no meu andar. O meu vizinho de porta era um professor bondoso e educado, o tipo do homem que não faria mal a uma pulga; freqüentemente seu filho deixava a bicicleta no corredor à porta do nosso apartamento. O vizinho no final do corredor, um contador, aborreceu-se por causa da bicicleta, que pelo visto ele considerava um feio trambolho, o que provavelmente era. Certa tarde ele resolveu colocá-la na frente do apartamento do professor, bloqueando a porta. O professor encontrou a bicicleta ali e a repôs no lugar de sempre. O contador devolveu-a, mais uma vez, bloqueando a porta do professor. O estardalhaço que fizeram durante essas trocas despertou minha atenção; por isso fiquei escondida atrás de minha porta espiando o corredor quando encenaram o capítulo final do drama.

O professor acabara de repor a bicicleta no corredor e ficou aguardando atrás de sua porta o momento de surpreender o contador no ato de trocar a bicicleta de lugar. Os dois estávamos ali como idiotas vigiando através das cortinas transparentes de nossas portas de caixilhos. Não demorou muito, o contador apareceu no corredor e tornou a bloquear a porta do professor com a bicicleta. Naquele instante o professor escancarou a porta e começou a gritar com o contador, que, incidentalmente, era maior do que ele. Em questão de segundos, o professor perdeu as estribeiras e agrediu o contador. Foi incrivelmente excitante. O contador chamou a polícia. A polícia veio prontamente. Na medida em que eu, graças à minha bisbilhotice, testemunhara o incidente, convidei-me para a reunião dos vizinhos com a polícia. A reunião teve lugar no apartamento de aluguel tabelado do professor, que tinha um número maior de cômodos do que o meu. Cada qual contou sua versão dos acontecimentos, então contei a minha. Devo dizer que a minha foi a melhor versão, porque incluía um comentário, extremamente perceptivo e provavelmente irrelevante, sobre a impaciência das pessoas que não têm filhos com as crianças (e suas bicicletas). Só vendo. Quando terminamos, o policial balançou a cabeça e se levantou. "Por que vocês não conseguem se entender?", disse a caminho da porta. "Eu seria capaz de matar para morar neste edifício."

Com o passar do tempo, comecei a ter um sonho recorrente sobre o Apthorp – embora para ser exata, fosse mais um pesadelo recorrente: sonhava que acidentalmente me mudara do edifício, percebia que era o pior erro de minha vida, e não conseguia reaver o apartamento. Já fiz análise tempo suficiente para saber que não se deve tomar tais sonhos ao pé da letra, ainda assim era surpreendente que o meu inconsciente sugerisse o apartamento ao buscar um símbolo daquilo que eu odiaria perder.

Por volta de 1990, começaram a correr boatos sobre uma mudança na lei: em determinadas circunstâncias o tabelamento poderia ser abolido e os senhorios poderiam aumentar os aluguéis até o limite do que é chamado de justo valor de mercado. Recusei-me a dar atenção ao assunto. Meus vizinhos ficaram obcecados com o que poderia acontecer, insinuavam que os nossos aluguéis poderiam subir para oito ou dez mil dólares por mês. Achei que estavam sendo incrivelmente neuróticos. O tabelamento de aluguéis era uma parte inseparável da vida nova-iorquina, tal como o Gray's Papaya. Nunca mexeriam nele. Eu estava disposta a admitir (de má vontade) que em determinadas circunstâncias a nova lei poderia até ser justa; podia entender que era possível alegar (sem muita convicção) que durante anos gente como eu vinha se beneficiando do aluguel tabelado; podia ver (miopemente) que os senhorios tinham direito a *alguma coisa*. No entanto, se nossos aluguéis sofressem aumento, tinha certeza de que ele seria razoável. Afinal, os moradores do edifício eram uma família. Os senhorios compreendiam isto. Eles jamais tomariam uma medida tão absurda como dobrar ou triplicar nossos aluguéis. Este meu momento de asnática inocência era comparável àquele – no início de todas as histórias de amor que acabam mal – em que a esposa descobre o primeiro vestígio de perfume feminino na camisa do marido, conclui que não significa nada e continua sua vidinha feliz. E, então, o edifício contratou uma administradora chamada Barbara Ross.

A srta. Ross era uma mulher miúda e assustadora, de pele muito branca, lábios bem vermelhos e uma enorme colméia de cabelos negros no alto da cabeça. A colméia era tão exagerada e bizarra que me recordou a lenda urbana dos anos 1950 sobre a mulher que eriçava tanto os cabelos que as baratas se mudaram para lá. Sua voz pingava mel, o que a tornava ainda mais assustadora. Devia ter quarenta anos ou setenta, ninguém sabia. Usava terninhos de xantungue rosa com gigantescas ombreiras. Deslocava-se furtivamente por toda parte. Morava em Nova Jersey, mas passava as noites de quinta-feira no escritório do edifício, e corriam boatos de que andava descalça, tentando surpreender os ascensoristas cochilando. Ela despachou memorandos desestimulando as crianças a jogar bola no pátio. Trocou o piso do pátio por pedras arredondadas rejuntadas com piche. A mulher tinha um jeito de nos surpreender no corredor e fazer com que nos sentíssemos culpados mesmo que fôssemos totalmente inocentes. Era, em suma, uma personagem de pesadelo – a tal ponto que se tornou personagem constante dos meus: comecei a sonhar que me mudava acidentalmente do Apthorp, percebia que era o pior erro de minha vida e não conseguia reaver o apartamento *por causa da srta. Ross.*

Entretanto, o impensável aconteceu. O legislativo estadual aprovou uma lei extinguindo o tabelamento de aluguéis para apartamentos de luxo, determinando que todo inquilino cujo aluguel mensal fosse superior a dois mil e quinhentos dólares e que ganhasse mais de duzentos e cinqüenta mil dólares por ano seria excluído do benefício. Não consegui acreditar. Fiquei atordoada. Podia entender que a nova lei se aplicasse aos novos inquilinos, mas como poderia se aplicar a gente como nós, que morava no edificio havia anos, segundo os termos de barganha implícitos no tabelamento? Meu apartamento jamais fora pintado pelo senhorio, eu jamais exigira isso e agora ele ia me tratar como se eu estivesse morando em um apartamento de luxo. Era praticamente inconstitucional! Era totalmente desleal! Era completamente injusto! Era errado! E ainda era óbvio que nem de longe minha indignação comovia quem quer que fosse no mundo lá fora. Eu ganhava decentemente. Meu aluguel ia aumentar. E mais, eu seria a primeira pessoa no edifício a passar pela experiência. E ninguém estava ligando. Nem eu mesma ligaria se não fosse comigo. Por outro lado, eu não estava exatamente no meu juízo perfeito. Estava apaixonada. Era uma verdadeira crente, uma daquelas aldeãs francesas da Idade Média que chegavam a acreditar que tinham visto lágrimas de Santa Cecília em um retalho de oleado; eu era uma personagem em uma história sobre desilusão coletiva e a loucura das multidões. Eu estava, em poucas palavras, completamente pirada.

Fui então procurar a srta. Ross. Lembro-me de ter feito um carinhoso discurso sobre o meu amor pelo edifício. Foi incrivelmente comovente, mesmo que não a tenha comovido. Ela me informou que o meu aluguel ia triplicar. Negociamos. Ela baixou o preço. Baixou apenas o suficiente para eu pensar que obtivera uma pequena vitória. Para quanto baixou? Nem sei dizer. Estou envergonhada demais para digitar os algarismos. Ainda que eu me garantisse que no contexto dos aluguéis de Nova York não era tão revoltante assim, não dava para acreditar. A questão é que eu concordei em pagá-lo. Assinei um novo contrato.

Assinei porque tinha dinheiro bastante para pagar um aluguel, mas não bastante para comprar um apartamento tão bonito em outro lugar da cidade.

Assinei porque o meu contador conseguiu me convencer, com aquele jeito irresistível que têm os contadores, de que a quantia a ser paga no aluguel era inferior à manutenção acrescida dos juros da hipoteca de um apartamento em condomínio.

Assinei porque era, como todos já sabem, uma especialista em racionalização, e me convenci de que faria uma enorme economia permanecendo no edifício. O custo da mudança, por exemplo. O custo do correio para avisar aos amigos que iria morar em outro endereço. O custo da mobília, se eu precisasse de novos móveis para o apartamento que ainda não procurara e para o qual não ia me mudar. As horas e dias, e possivelmente as semanas do tempo que iria gastar tentando contatar a companhia telefônica – tempo em que eu poderia escrever um grande romance e ganhar uma pequena fortuna que cobriria várias vezes o aumento do aluguel.

Contudo, esta não é uma história de dinheiro, como já disse. É uma história de amor. Assinei o contrato porque não estava pronta para me divorciar – do meu edifício.

Há muitos anos, quando eu fazia análise, minha terapeuta costumava me dizer: "Amor é saudade de casa." O que ela queria dizer é que a pessoa tende a se apaixonar por alguém que lhe lembra um de seus pais. Isto, naturalmente, é uma das coisas que os analistas sempre dizem, embora não seja de fato verdade. Praticamente qualquer pessoa no planeta é capaz de nos lembrar alguma coisa que havia em nossos pais, ainda que seja apenas uma covinha no rosto. Não quero, porém, me desviar do assunto. O que quero argumentar é que o amor pode não ser saudade de casa, mas a saudade é, sem sombra de dúvida, amor. Meu apartamento no Apthorp foi na realidade o único espaço em que meus filhos e eu moramos juntos. A partir do momento em que nos mudamos para lá nunca trancamos a porta. Foi o lugar em que Max prendeu a cabeça em uma forma de bolo e Jacob aprendeu a amarrar os tênis. Nick e eu nos casamos ali, diante da lareira inoperante da sala de estar. Era um símbolo de família. Era emblemático do momento de minha vida em que minha sorte mudou. Fazia parte da minha identidade, ou pelo menos da identidade que eu desejava ter. Só porque o apartamento ficava no West Side decadente, morar lá me fazia sentir virtuosa e intelectual. Porque era um apartamento de aluguel, me sentia despretensiosa. Porque era mal cuidado, me fazia sentir chique. Em suma, era o meu lar de um modo visceral, provavelmente narcisista, e suspeito que demasiado típico, e para mim nenhum outro lugar da Terra faria eu me sentir igual.

A maré de infortúnios, no entanto, começou a se avolumar. Um misterioso cadáver apareceu no telhado do edifício. Um dos apartamentos pegou fogo. Outro, no décimo primeiro andar, foi invadido e a empregada, espancada.

Então, coisas realmente chocantes começaram a acontecer. Os senhorios limparam o edifício! Os senhorios que basicamente não faziam nada pelo edifício desde que nos mudamos para lá, mandaram remover a camada de fuligem das paredes, substituíram os encanamentos, restauraram os elevadores, e pintaram de dourado os tetos dos elevadores e do saguão. Vestiram os empregados com uniformes enfeitados de dragonas; eles ficaram parecendo uma versão hispânica do Sergeant Pepper's Lonely Hearts Club Band. O senhorio mais velho, um homem na casa dos noventa chamado Nason Gordon, retirou a caixa de correio da entrada do edifício e colocou em seu lugar uma grande estátua de mulher nua em mármore, que os inquilinos instantaneamente batizaram de Nossa Senhora do Apthorp. Ele encheu o pátio de horríveis urnas de gesso e estátuas de leões. Os inquilinos sentiram tudo isso – tudo mesmo – como atos de hostilidade. Obviamente as melhorias estavam sendo feitas por uma única razão e nenhuma outra – para subir os aluguéis. O que era verdade; todas as vezes que gastavam dinheiro no edifício, os senhorios iam procurar a Comissão de Tabelamento de Aluguéis para pedir aumentos baseados em suas despesas. Em conseqüência, um número sempre crescente de inquilinos foram excluídos do tabelamento e lançados em um estado de pânico absoluto. O medo intensificou-se pois a lei permitia aos senhorios serem absolutamente caprichosos nos aumentos. Afinal qual era o justo valor de mercado para o aluguel de apartamentos de oito cômodos em uma cidade em que eles eram praticamente inexistentes?

A década de 1990 estava terminando, e havia uma montanha de dinheiro nas ruas de Nova York. Os apartamentos que vagavam no Apthorp eram modernizados, a srta. Ross escolhia lustres extravagantes para eles e acolhia inquilinos ricos. Na verdade, um dos novos inquilinos estava pagando vinte e quatro mil dólares de aluguel por mês. Vinte e quatro mil dólares por mês – e ainda assim não se conseguia que o porteiro abrisse a porta do edifício para entrarmos nem havia permissão para o entregador de comida chinesa subir ao apartamento. Homens ricos que estavam se divorciando se mudavam para o Apthorp. Estrelas de cinema vinham e se iam.

O pátio, no passado um lugar idílico cheio de risos de crianças, de repente estava atravancado por limusines que aguardavam os novos moradores para levá-los aos seus fabulosos empregos no centro da cidade. Inquilinos enraivecidos agitavam petições e documentos legais e espalhavam boatos de iminentes aumentos de aluguéis.

Meu contrato tornou a expirar e a sra. Ross me chamou para avisar que o meu aluguel sofreria novo aumento. Os senhorios estavam dispostos a me oferecer um contrato de três anos – dez mil dólares por mês no primeiro ano, onze mil no segundo e doze mil no terceiro. Meu aluguel subiria efetivamente quatrocentos por cento em três anos.

E de um momento para o outro a minha paixão morreu. Doze mil dólares por mês é muito cappuccino. E querem saber de uma novidade? Eu nem bebo cappuccinos. Nunca bebi. Liguei para um corretor de imóveis e comecei a olhar apartamentos. O amor não correspondido é uma chatice, escreveu certa vez Lorenz Hart. Eu tinha levado um tempo bem maior para compreender isso em relação a um imóvel do que jamais levara com relação aos meus casamentos, mas por fim, de modo irrevogável, compreendi. Uma vez que o meu era um caso de amor unilateral com o edifício, me desapaixonar foi relativamente simples. Meus filhos estavam crescidos e não levantaram o mesmo tipo de objeções que tinham expressado nas conversas exploratórias iniciais sobre o tópico "mudança", quando me imploraram para não mudarmos do único lar que tinham conhecido. Meu marido estava aceitando qualquer coisa. Minha irmã já saíra em campo procurando outro lugar – minha irmã, que tinha sido citada no *New York Times* a propósito da "alma" do Apthorp, estava lá fora, de olhar frio e coração endurecido, ameaçando se mudar para o centro. Chamei o meu contador, que me explicou (com o mesmo cuidado com que alguns anos antes me explicara que fazia mais sentido alugar do que comprar) que agora fazia mais sentido comprar do que alugar.

Então nos preparamos para a mudança. Jogamos fora pedaços de nossas vidas. Os ursos de pelúcia Care Bears, as prateleiras de arame no depósito do porão, as caixas de extratos bancários, os pôsteres que penduramos nas paredes quando éramos jovens, as caixas de som estéreo imprestáveis, o primeiro computador que compramos, a prancha de deslizar na neve, a de surf, a bateria, os porta-arquivos cheios de documentos referentes a filmes que nunca fizemos. Doamos caixas de roupas a associações de caridade. Mandamos caixas de livros às bibliotecas dos abrigos para os sem-teto. Sentimo-nos purificados. Tínhamos resgatado o básico. Tínhamos sido obrigados a encarar o que perdera sentido, o que se tornara desnecessário, quem éramos. Fizemos um inventário. Foi como se tivéssemos morrido e passado em revista nossas coisas; foi como se renascêssemos e pudéssemos recomeçar a acumular novas coisas.

Nosso novo apartamento era bem menor que o do Apthorp. Ficava no Upper East Side, um bairro que, em algum nível, eu passara mais de vinte anos encarando como o inimigo de tudo que eu prezava. Não era nem próximo a um restaurante sino-cubano. A lareira, porém, funcionava, o porteiro abria a porta, e a comida chinesa era entregue em nosso apartamento. Horas depois de termos nos mudado, já era o nosso lar. Fiquei surpresa. Assombrada. Mas principalmente mortificada. Não me sentia tão mortificada desde o fim do meu segundo casamento, e um grande número das coisas que me passaram pela cabeça a respeito daquele casamento tornaram a me ocorrer. Por que não fora embora ao sentir o primeiro vestígio do perfume de outra mulher? Por que não percebi o quanto do que eu pensava ser amor era simplesmente o meu exacerbado talento para fazer limonadas com apenas um limão? Que falta de imaginação me fizera esquecer que a vida era cheia de outras possibilidades, inclusive a de tornar a me apaixonar?

Por outro lado, nunca terei sonhos com este novo apartamento.

Pelo menos até agora não tive.

E nunca me sentirei romântica com relação ao bairro – embora deva admitir que é muito mais atraente do que eu teria podido imaginar. E tem mais, vejo que possui muitas coisas que tornavam o Apthorp tão delirantemente irresistível – proximidade de uma banca 24 horas, uma mercearia coreana aberta a noite toda, e até um Kinko's 24 horas. É primavera agora, e vejo pela janela que as pereiras estão em flor e são tão bonitas... e por falar nisso, as lojas de comida são tão boas deste lado da cidade quanto no West Side, estou muito mais perto do aeroporto, o metrô é melhor e vou lhe dizer mais uma coisa que observei no East Side: é mais ensolarado, de fato é, não sei o porquê, a luz é muito mais luminosa deste lado da cidade que do outro. Além disso, é decididamente mais quente no inverno porque o bairro fica mais distante dos ventos que sopram do rio Hudson. E é muito mais perto dos consultórios de todos os meus médicos, o que, lamento dizer, preciso levar em consideração na minha idade. A um quarteirão do meu apartamento, uma loja vende um iogurte grego divino, e a um quarteirão na direção oposta fica um restaurante em que eu poderia jantar toda noite de tão bom que é.

Contudo, não é amor. É apenas o lugar em que vivo.

EU E JFK:
AGORA POSSO CONTAR

Estagiária de JFK admite tudo

A estagiária de John F. Kennedy admitiu ontem para o *Daily News*: "Mimi sou eu".

Marion (Mimi) Fahnestock, hoje com 60 anos, considerou que revelar seu caso amoroso com o jovem e galante presidente é tirar um peso das costas. "O bom é que a revelação me permitiu contar às minhas duas filhas casadas um segredo que guardo há 41 anos", contou ela. "É um enorme alívio. E não voltarei a comentar este assunto. Peço que a mídia respeite a minha privacidade e a de minha família."

Fui estagiária de JFK na Casa Branca. Sério. Não se trata de um desses lances de humor em que o escritor finge ter tido uma experiência que a imprensa está comentando para comprovar algo engraçado. Corria o ano de 1961 e fui contratada por Pierre Salinger para trabalhar na secretaria de imprensa da Casa Branca, o mesmíssimo lugar em que Mimi Fahnestock iria trabalhar no ano seguinte. E agora que ela foi obrigada a se apresentar e admitir que teve um caso com JFK, é melhor eu contar também a minha história.

Observei que todas as notícias sobre a pobre Mimi citam outra mulher na seção de imprensa, Barbara Gamarekian, que dedurou Fahnestock nos arquivos de história oral da Biblioteca Kennedy. Gamarekian maldosamente destacou, segundo os jornais, que Mimi "não sabia datilografar". Ora, só o que posso dizer é: Ha. De fato: Um duplo Ha! Havia, quando trabalhei lá, seis mulheres no escritório de Pierre Salinger. Uma delas chamava-se Faddle (sua melhor amiga, Fiddle, trabalhava para Kennedy), e seu trabalho, pelo que sei, consistia em autografar as fotos de Pierre Salinger. O trabalho de Fiddle era autografar as de Kennedy. Aparentemente, datilografia não era uma habilidade necessária a todas e muito menos a estagiárias como eu (e Mimi, ouso afirmar) porque NÃO HAVIA ESCRIVANINHA PARA ESTAGIÁRIAS E, PORTANTO, NÃO HAVIA MÁQUINA NA QUAL ELAS PUDESSEM DATILOGRAFAR.

E, continuo amargurada, sim! Porque ali estava eu, não somente a única moça na Casa Branca que não tinha dinheiro para comprar a infindável coleção de vestidos trapézio, sem mangas, iguais aos de Jackie, como também a única pessoa na secretaria de imprensa que não tinha onde sentar. E à época, como agora, eu era capaz de datilografar cem palavras por minuto. A cada oito horas de trabalho havia teoricamente quarenta e oito mil palavras que deixavam de ser datilografadas porque EU NÃO TINHA ESCRIVANINHA.

Além disso, o meu permanente era de má qualidade. E este é um fato importante no andamento da história mais adiante, quando as coisas esquentarem.

Conheci o presidente minutos depois de ter ido "trabalhar" na Casa Branca. Na minha primeira manhã, ele voou para Annapolis para fazer seu discurso inaugural, e Salinger me convidou para acompanhar os jornalistas no helicóptero da imprensa. Quando voltei para a Casa Branca, Pierre me levou para conhecer Kennedy. Ele era o homem mais bonito que eu já tinha visto. Não me lembro dos detalhes de nossa conversa, mas talvez estejam incluídos nas memórias de Salinger na Biblioteca Kennedy. Um dia vou procurar conhecê-las. O que me lembro é que o encontro foi breve, talvez dez ou quinze segundos. Em seguida, voltei para a secretaria de imprensa e descobri o que você, leitora, já sabe: não havia lugar onde eu pudesse me sentar.

Assim passei o meu estágio de verão rondando o corredor perto do arquivo. Li a maioria dos papéis que estavam no arquivo, inclusive alguns memorandos interessantes marcados "Secreto" e "Somente para Leitura". Bem ao lado do arquivo ficava o banheiro masculino, e um dia o presidente da Câmara de Representantes, Sam Rayburn, trancou-se nele sem querer. Se eu não estivesse por perto, talvez ele ainda estivesse preso lá dentro.

De vez em quando eu entrava no Salão Oval e assistia à sessão de fotografias do presidente com vários líderes estrangeiros. Às vezes, tenho certeza, ele notava que eu o estava observando.

O que me leva ao encontro crítico que tive com JFK, aquele sobre o qual ninguém na Biblioteca Kennedy me perguntou. Era uma sexta-feira à tarde, e porque eu não tinha onde me sentar (veja acima) e nada para fazer (idem), resolvi assistir à partida do presidente de helicóptero para o fim de semana em Hyannis Port. Fazia um belo dia, e fiquei parada no pórtico de onde se avistava o Jardim das Rosas, do lado de fora do Salão Oval. O helicóptero aterrissou. O barulho era ensurdecedor. O vento produzido pelas pás era forte (embora o meu permanente mantivesse os meus cabelos colados à cabeça). Então, inesperadamente, em vez de sair da parte residencial, o presidente saiu de sua sala e passou por mim para embarcar no helicóptero. Ele se virou. Ele me viu. Ele me reconheceu. O barulho era ensurdecedor mas ele falou comigo. Não ouvi nada, mas pude ler seus lábios, e tenho certeza de que me perguntou "Como vai?" Mas não posso jurar. Então respondi o melhor que pude. "Quê?"

E foi só. Ele me deu as costas e se dirigiu ao helicóptero e eu voltei a perambular pela Casa Branca até o verão terminar. Nunca mais o vi.

Agora que li as notícias sobre Mimi Fahnestock, tornou-se terrivelmente clara para mim a probabilidade de eu ter sido a única jovem que trabalhou na Casa Branca e não foi cantada pelo presidente. Talvez fosse o meu permanente, de fato um infeliz engano. Talvez fosse o meu guarda-roupa, composto principalmente por vestidos multicoloridos de tecido sintético com a aparência de embalagens de queijo. Talvez fosse o fato de ser judia. Não ria; pense bem – pense naquela longuíssima lista de mulheres com quem JFK dormiu. Há alguma judia? Acho que não.

Por outro lado, talvez nada tenha acontecido entre nós simplesmente porque JFK percebeu que a discrição não era o meu forte. Posso garantir que se alguma coisa tivesse rolado entre nós, ninguém teria de esperar tanto tempo para saber.

Enfim, esta é a minha história. É melhor torná-la pública de uma vez, embora eu já a tenha contado a quase todo o mundo que conheci nos últimos quarenta e dois anos. E agora, tal como Mimi Fahnestock, não voltarei a comentar este assunto. Peço à mídia que respeite a minha privacidade e a de minha família.

EU E BILL: O FIM DO AMOR

Rompi com Bill há muito tempo. É sempre difícil recordar o amor – os anos vão passando e nos perguntamos: Será que eu estava realmente apaixonada ou apenas me enganando? Será que estava realmente apaixonada ou fingindo que ele era o homem dos meus sonhos? Será que estava realmente apaixonada ou só desesperada? Quando o assunto é Bill, porém, tenho certeza de que era realmente amor. Eu amava o cara.

Quanto a Bill, tenho que ser sincera. Ele não me amava. De fato, nunca passei pelos seus pensamentos. Nem uma única vez. Contudo, de início isto não me deteve. Eu o amava, acreditava nele e não achava que era mentiroso. É claro que sabia que tinha mentido sobre seu caso com a Gennifer, mas à época eu achava que mentiras deste tipo não contavam. Acham que fui muito burra?

Enfim, deixei de amar Bill logo no começo – por causa dos gays nas Forças Armadas. Isto foi em 1993, depois de sua posse, e naquele momento meu coração virou pedra. As pessoas usam esta expressão metaforicamente, mas se um coração puder se petrificar e isto não for apenas uma metáfora, foi o que aconteceu com o meu coração em relação a Bill. Tinha depositado fé nele. Tinha tido certeza absoluta de que ele jamais recuaria. Como poderia? Mas foi o que ele fez, recuou sem mais pestanejar. Mostrou que era igual aos outros. Então bastou. Adeus, grande homem. Vou dar o fora. Nem pense em me ligar. E, a propósito, se o seu telefone tocar e sua mulher atender e desligarem, não pense que fui eu porque não fui.

Quando Bill se envolveu com a Monica, era de se pensar que ele não conseguiria mais me magoar, que eu sacudiria os ombros e comentaria "bem que tinha dito", não se podia confiar no cara nem à distância de uma cusparada. Para minha surpresa, porém, Bill tornou a partir o meu coração. Não consegui acreditar a que ponto estava me sentindo traída. Ele tivera tudo e jogara tudo fora. E o problema é que esse tudo não era dele para dispor assim. Era nosso. Nós é que tínhamos lhe dado e ele desperdiçara.

Os anos passaram. Eu me sentava com amigos para jantar e discutíamos "Como chegamos até ali?" e "De quem era a culpa?" "Do Nader?" "Ou do Gore?" "Ou do Scalia?" Até a Monica entrou na nossa lista, porque, afinal de contas, ela tinha entregado a pizza, e a pizza fora verdadeiramente o começo do fim. A maioria dos meus amigos tinha muita dificuldade em atribuir a culpa a uma única pessoa, mas não eu, apenas uma pessoa era culpada: Bill. Eu traçava uma linha reta daquela pizza à guerra. Na minha opinião, se Bill tivesse se comportado, Al teria se elegido, e muitos milhares de pessoas estariam vivas hoje.

Estou levantando este assunto porque topei com Bill um dia desses. Eu estava assistindo a um noticiário de domingo, e lá estava ele. Tenho de admitir que sua aparência era boa. E foi sucinto, nada daquela verborragia que costumava me enlouquecer. Ele convidara várias pessoas para uma conferência em Nova York e tinham passado a semana discutindo o aquecimento global, a pobreza, e lugares obscuros sobre os quais ele sabe uma enormidade.

Ao descrever a conferência Bill prendeu nossa atenção. Deu para ver o quanto se preocupava; e, é claro, deu para ver como era inteligente. Para minha surpresa, deu até para ver por que ele me conquistou. Isto me deixou mais triste do que quero admitir. É muito mais fácil esquecer alguém quando podemos nos iludir dizendo que jamais gostamos muito dele.

Então, lá para o meio da semana, eu estava lendo sobre a conferência de Bill e vi uma coisa que me fez pensar, só por um momento, que Bill talvez me aceitasse de volta. "Atingi uma idade em que não me importo com coisa alguma que acontece a mim" – dizia ele. "Só não quero que ninguém morra antes de sua hora." Isto quase me convenceu. Mas recuperei o juízo. Tive vontade de pegar o telefone mandar chamá-lo e dizer: se você acredita sinceramente nisso, seu hipócrita, por que não se rebela e toma posição contra a guerra?

Não vou telefonar, no entanto. Não telefono para ele há anos e não vou recomeçar agora.

O LUGAR ONDE VIVO

1. Vivo na cidade de Nova York. Nunca poderia viver em outro lugar. Os acontecimentos de 11 de setembro me forçaram a encarar o fato de que haja o que houver, é aqui que vivo e sempre viverei. Uma das coisas de que mais gosto em Nova York é que se pode pegar o telefone e encomendar qualquer coisa e alguém virá entregá-la. Durante um ano morei em outra cidade e gastava quase todas as minhas horas de vigília indo a lojas, comprando coisas, colocando-as no carro, trazendo-as para casa, descarregando-as e levando-as para dentro de casa. Para mim é um mistério como é que alguém consegue fazer qualquer outra coisa nesses lugares.

2. Vivo em um apartamento. Nunca poderia viver em outro lugar senão em um apartamento. Adoro apartamentos porque estou sempre perdendo coisas. Os apartamentos são horizontais, portanto é muito mais fácil achar o que perco – óculos, luvas, carteira, batom, livro, revista, celular e cartão de crédito. Um dia desses cheguei a perder um pedaço de queijo. Acrescente que os edifícios de apartamentos têm porteiros, uma conveniência quando se manda

entregar coisas em casa, o que sempre faço, às vezes para substituir outras que não consigo encontrar.

3. Vivo no meu bairro, que compreende uma tinturaria, a estação do metrô, a farmácia, o supermercado, o caixa eletrônico, a delicatessen, o salão de beleza, a manicura, a banca de jornal e o lugar onde almoço. Tudo isto em um raio de dois quarteirões de minha casa. O que é outra coisa que adoro em Nova York. Tudo é perto. Se a pessoa esquece de comprar salsa, gasta apenas uns dois minutos para dar uma corrida e comprá-la. Isto é bom, por que sempre me esqueço de comprar salsa.

4. Vivo sentada à minha escrivaninha. O móvel mede dois metros por setenta centímetros, tem uma altura sob medida para evitar problemas provocados pelo uso do computador, como a síndrome do túnel do carpo. Minha escrivaninha é pintada de branco. Meu computador é um Power Mac G4, e passo a maior parte do dia e metade da noite trabalhando. Ainda ontem, enquanto navegava pela Internet, descobri que há uma expressão para gente como eu – *mousidiota*. Ou seja, alguém que é tão ligada ao computador quanto os videotas à televisão. O que mais gosto na minha escrivaninha é que tem uma enorme gaveta embaixo, à esquerda, que contém uma gigantesca cesta de papéis. Provavelmente não fui eu que inventei o conceito de embutir uma cesta de papéis em uma escrivaninha, mas poderia ter inventado, e quer seja ou não a inventora, parece-me uma idéia luminosa. Em conseqüência disso, não tenho uma feia cesta de papel à vista, ocupando espaço no chão, cheia de papéis amassados e sujos e saquinhos de chá usados. Recomendo

entusiasticamente embutir uma cesta de papéis na escrivaninha, e tenho esperança de que só por mencionar isto aqui, a moda vai pegar e se tornar a razão pela qual as pessoas se lembrarão de mim. Minha escrivaninha é uma bagunça. Muitas das minhas coisas extraviadas estão enfiadas em algum lugar na escrivaninha, embora algumas estejam na cesta de papéis, onde as joguei por engano.

5. E, naturalmente, vivo na cozinha. Às vezes vou lá para comer, outras vou lá para pensar no que vou comer da próxima vez que for comer, e ainda outras vezes para me exercitar um pouco. Não estou exagerando se disser que vou até a cozinha umas cem vezes por dia. Acho que estou indo lá neste instante para terminar a maçã que comecei a comer exatamente um minuto atrás. Espero que ainda esteja lá.

A HISTÓRIA DE MINHA VIDA EM 3.500 PALAVRAS OU MENOS

Se eu puder voltar para Nova York, ficará tudo bem

Tenho cinco anos de idade. Acabamos de nos mudar de Nova York para Los Angeles, e estou em um playground do lado de fora de minha nova escola na alameda Doheny, em Beverly Hills. A luz do sol se filtra pelas árvores e umas crianças louras e sorridentes me rodeiam. Só um pensamento me ocorre: O que estou fazendo aqui?

O que minha mãe disse

Minha mãe disse essas palavras pelo menos quinhentas vezes durante a minha infância: "Tudo é cópia."

E também disse: "Jamais compre um casaco vermelho."

O que meu professor disse

Meu professor de jornalismo na escola secundária, cujo nome é Charles O. Simms, está nos ensinando a escrever um lide – a primeira frase ou o primeiro parágrafo de uma notícia de jornal. Ele escreve as palavras "Quem Que Onde Quando Por que e Como" no quadro-negro. Depois dita uma série de fatos mais ou menos assim: "Kenneth L. Peters, o diretor da escola de Beverly Hills, anunciou hoje que o corpo docente da escola irá a Sacramento na quinta-feira para assistir a um colóquio sobre novos métodos de ensino. Os palestrantes serão a antropóloga Margaret Mead e Robert Maynard Hutchins, presidente da Universidade de Chicago." Cada aluno se senta à sua máquina de escrever e redige o lide. A maioria inverte a série de fatos compondo um texto mais ou menos assim: "A antropóloga Margaret Mead e o presidente da Universidade de Chicago Robert Maynard Hutchins falarão aos membros do corpo docente em Sacramento, durante um colóquio sobre novos métodos de ensino, segundo anunciou hoje o diretor da escola secundária Kenneth Peters." Entregamos os nossos lides. Estamos muito orgulhosos. O sr. Simms passa os olhos pelo que escrevemos e joga tudo na lata de lixo. Diz ele: "O lide desta notícia é "*Não haverá aulas na quinta-feira.*" Uma lâmpada se acende no balão sobre a minha cabeça. Decido naquele instante que serei jornalista. Passados alguns meses me inscrevo em um concurso municipal e redijo um ensaio de cinqüenta palavras ou menos sobre por que desejo ser jornalista. Ganho o primeiro prêmio, dois ingressos para a estréia de um filme de Doris Day.

Juro por Deus que Janice Glabman nunca mais rirá de mim

Entro para uma faculdade longe de casa. Peso cinqüenta e três quilos. Volto da faculdade três meses depois. Peso sessenta e três quilos. Fui magra e sem formas. Agora sou gorda e igualmente informe. Nada entra em mim, exceto a minha saia pregueada de lã xadrez, que me faz parecer ainda mais gorda. É trágico. Meu pai dá uma olhada em mim quando desembarco do avião e diz à minha mãe:

"Quem sabe alguém se casará com ela atraído por sua personalidade."

Volto à faculdade. Continuo gorda. Há uma máquina na lanchonete do dormitório chamada A Vaca, e quando a gente abre uma torneira, sai o leite mais geladinho, mais gostoso que alguém já provou. Há também pãezinhos doces, bolinhos e pães de minuto. Nunca estive exposta a tantas delícias. Adoro todas. Repito uma vez. Duas. Há manteiga para todo lado que se olha, e naturalmente, aquele delicioso leite gelado. Não estamos falando de leite desnatado, minhas amigas. Isto aconteceu há tanto tempo que ninguém nem conhecia leite desnatado.

Enfim, os meses se passaram. Voltei para casa nas férias de verão. Estou mais gorda que nunca. Nenhuma de minhas roupas entra em mim. Já disse isto e continua valendo. E porque é verão, nem posso usar a tal saia pregueada de lã xadrez. Então vou à casa de minha amiga Janice Glabman para pedir umas roupas emprestadas. Janice sempre foi obesa. Experimento uma calça comprida. Está pequena demais. Nem consigo fechá-la. Janice ri de mim. As palavras exatas de Janice foram: "Ha ha ha ha ha." No dia seguinte começo uma dieta. Em seis meses o meu peso cai para os cinqüenta e três anteriores. Desde então não parei de fazer dieta.

Não vejo Janice há mais de quarenta anos, mas se a vir, estarei preparada. Estou magra. Embora agora eu pese sessenta e três quilos, exatamente o que pesava quando voltei para passar as férias em casa, depois de virar uma bola. Não sei como explicar.

Não vou me casar com Stanley J. Flek

Estou trabalhando como estagiária na Casa Branca de Kennedy, e sou noiva de um jovem advogado, Stanley J. Fleck. Todo o mundo que conheço está noivo para casar. Meu noivo vem me visitar em Washington e lhe ofereço um tour pela Casa Branca, pois tenho um passe que me permite percorrê-la livremente. Mostro-lhe o Salão Vermelho. Mostro-lhe o Salão Azul. Mostro-lhe o lindo retrato de Grace Coolidge. Mostro-lhe o Jardim das Rosas. Ao final da visita ele diz: "Mulher minha jamais trabalhará em um lugar como este."

Domingo no parque

Estou em um barco a remo no lago do Central Park. Por sorte não estou remando. Continuo cursando a faculdade, mas logo terminarei, logo estarei morando aqui, na cidade de Nova York. Ergo os olhos para os edifícios que rodeiam o parque, e me ocorre pensar que à exceção do homem que está remando o barco, não conheço ninguém na cidade de Nova York. E mal conheço o barqueiro. Fico imaginando se irei acabar como uma dessas pessoas que, segundo lemos nos jornais, mora em Nova York, não conhece ninguém e por fim morre e só vão descobrir dias depois, quando o mau cheiro chega ao corredor. Juro que um dia vou conhecer alguém em Nova York.

Vou ser repórter a vida inteira

Estamos em 1963. Escrevi uma paródia do *New York Post* durante uma longa greve dos jornais. Os diretores do *Post* ficam aborrecidos com a paródia, mas a editora acha graça. "Se eles são capazes de parodiar o *Post*, então podem escrever para o nosso jornal", diz ela. "Contrate-os." Quando termina a greve, ganho uma semana de experiência no *Post*. A redação é cheia de poeira, acanhada e escura. As escrivaninhas são velhas e estão caindo aos pedaços. O cheiro é horrível. Não há telefones suficientes. O editor de Cidade me manda ao aquário de Coney Island para cobrir a história de duas focas que foram levadas para lá com a finalidade de cruzarem mas se recusaram a ter qualquer relação. Escrevo a notícia. Acho-a engraçada. Entrego-a. Escuto risadas na redação. Eles também acharam graça. Sou contratada em regime permanente. Nunca fui tão feliz. Realizei a ambição de minha vida e tenho vinte e dois anos de idade.

Eu talvez não seja repórter a vida inteira

Certa noite, vou ao bar próximo ao *Post* com um dos meus colegas e o editor-executivo. Esteve chovendo. Depois de muitos drinques, o editor-executivo nos convida à casa dele em Brooklyn Heights. Quando chegamos ele me diz para ficar parada à porta da casa. Há um toldo sobre uma das janelas. Quando fico na posição que ele pediu, ele baixa o toldo e uns cinco litros de água me encharcam da cabeça aos pés. Ele acha isto hilariante.

Minha vida muda

Escrevo um artigo para uma revista sobre o que é ter seios pequenos. Agora sou escritora.

O que minha mãe disse (2)

Acredito que sei agora o que minha mãe quis dizer com aquela frase "Tudo é cópia" e é o seguinte: quando você escorrega em uma casca de banana, as pessoas riem de você; mas quando você conta às pessoas que escorregou em uma casca de banana é a sua vez de rir. Você se torna heroína em vez de vítima da piada.

Acho que foi isto que ela quis dizer.

Por outro lado, ela pode ter querido dizer simplesmente que "Tudo é cópia".

Quando ela estava morrendo no hospital, disse-me: "Você é repórter, Nora. Anote as coisas." Parece-me que isto não é o mesmo que "Tudo é cópia".

Minha mãe morreu de cirrose, mas a causa imediata de sua morte foi uma overdose de sonífero que meu pai lhe administrou. À época isto não me pareceu se enquadrar na rubrica "Tudo é cópia". Embora tenha parecido à minha irmã Amy, e ela incluiu o episódio em um romance. Quem pode censurá-la?

Como minha mãe morreu: minha versão

Minha mãe está no hospital. Todos os dias, meu pai me liga e diz, acabou, estão desligando a tomada. Mas não há tomada. Minha mãe volta para casa. Passam-se vários dias. Então meu pai diz, "vou dar uma noite de folga à enfermeira". Tarde naquela noite ele me liga para dizer que minha mãe morreu. A funerária já esteve lá e levou o corpo. Vou ao apartamento deles. São quatro horas da manhã. Sento-me um tempo com meu pai, então ambos decidimos tirar um cochilo antes do amanhecer. Meu pai mete a mão no bolso do robe e tira um frasco de pílulas para dormir.

– O médico me deu isso se eu não estivesse conseguindo dormir – diz ele. – Jogue-as no vaso sanitário e dê descarga. – Vou ao banheiro e jogo fora as pílulas. Na manhã seguinte, quando minhas irmãs chegam, conto-lhes o que fiz. Minha irmã Amy pergunta:

– Você contou as pílulas?

– Não – respondo.

– *Claro* – diz ela contrariada.

Fiquei seis anos casada com ele

O meu primeiro marido era uma pessoa absolutamente amável, embora tivesse um apego patológico aos seus gatos. Estamos em 1972, o auge do movimento feminista, e todo o mundo está se divorciando, até gente cujos maridos não têm apego patológico aos seus gatos. Meu marido está planejando um safári fotográfico pela África e lhe digo:

– Não posso fazer essa viagem.

– Por que não?

– Porque é muito cara e provavelmente vamos nos separar e vou sentir remorsos horríveis se você gastar todo esse dinheiro para me levar à África.

– Não seja maluca – retruca meu marido. – Amo você e você me ama e não vamos nos divorciar e, ainda que isto aconteça, você é a única pessoa com quem quero ir à África. Nós vamos.

Vamos então à África. É uma viagem maravilhosa. Quando voltamos, digo ao meu marido que quero me divorciar. "Mas eu a levei à África!" – exclama ele.

Não se pode inventar uma história dessas

Estou escrevendo um artigo para uma revista sobre uma mulher que foi demitida do cargo de presidente do

Bennington College. Li no *The New York Times* que ela fora demitida – juntamente com o marido, o vice-presidente da instituição – por ter se oposto corajosamente à efetivação de professores. Suspeito que sua demissão não teve qualquer relação com a sua corajosa oposição, embora eu não consiga imaginar o motivo real. Vou a Bennington e descubro que ela de fato foi demitida porque estava de caso com um professor de Bennington, com quem dividia uma classe em Hawthorne, e os dois usavam camisetas iguais com um "A" no peito, o símbolo do adultério em um livro de Nathaniel Hawthorne, *A letra escarlate*. E soube ainda que os professores a odiavam desde o começo porque ela lhes ofereceu uma festa em que serviu lasanha morna e bolo de banana ainda congelado. Não consigo me acostumar com este aspecto do jornalismo. Não consigo acreditar que a vida real nunca nos desaponta. Não consigo compreender por que alguém escreve ficção quando o que de fato ocorre é muito mais surpreendente.

Tudo é cópia

Estou grávida de sete meses do meu segundo filho e descubro que meu segundo marido está apaixonado por outra mulher. Ela também é casada. Seu marido me telefona. É o embaixador inglês nos Estados Unidos. Não estou brincando. Acontece que ele é o tipo de pessoa que tende a ver tudo em termos globais. Ele sugere um almoço. Encontramo-nos à porta de um restaurante chinês na avenida Connecticut e caímos nos braços um do outro, aos prantos:

– Ah, Peter – digo –, não é horrível?

– É horrível – diz ele. – Que está acontecendo com este país?

Choro histericamente, mas penso que algum dia isto dará uma história engraçada.

Estive casada com ele dois anos e oito meses

Vou a Nova York de avião ver a minha analista. Entro em seu consultório e caio no choro. Conto-lhe o que meu marido fez comigo. Conto-lhe que meu coração está despedaçado. Conto-lhe que estou arrasada e nunca voltarei a ser a mesma. Não consigo parar de chorar. Ela olha para mim e diz: "Você precisa entender uma coisa. Com o tempo você iria acabar largando ele."

Por outro lado, talvez eu possa inventar isto

Escrevo então um romance. Troco os gatos do meu primeiro marido por hamsters, troco o embaixador britânico por um subsecretário de estado, e ponho uma barba no meu segundo marido.

Uma das coisas mais tristes em um divórcio

Minha irmã Delia diz isso e é verdade. Quando éramos crianças, adorávamos ouvir como foi que nossos pais se apaixonaram e fugiram em um verão em que ambos eram monitores de um acampamento de férias. Era parte tão integrante de nossas vidas, uma canção repetida tantas vezes, e, seja o que for que acontecesse, por pior que as coisas ficassem entre os dois, sempre lembrávamos que um dia eles tinham sido apaixonados.

Em um divórcio, porém, jamais contamos aos filhos que um dia fomos apaixonadas pelo pai deles porque seria demasiado confuso.

E depois, com o passar do tempo, não conseguimos nem lembrar se fomos ou não.

Um homem e uma mulher moram em uma península deserta

Alice Arlen e eu escrevemos o roteiro para o filme *Silkwood – o retrato de uma coragem.* É baseado na história real de Karen Silkwood, que trabalhou em uma usina de plutônio no estado de Oklahoma; ela morreu em um misterioso acidente de automóvel quando ia se encontrar com um repórter do *New York Times* para conversar sobre as condições na usina. Mike Nichols vai dirigir o filme; ele ia dirigir um musical da Broadway, mas o compromisso furou porque uma amiga íntima que estava envolvida com o show o traiu. Nesta história chamaremos a tal amiga de Maria Ninguém.

Começamos a trabalhar juntos no rascunho do roteiro, e Mike não pára de sugerir cenas para o filme em que Karen Silkwood é traída por uma amiga íntima. Ele tem milhões de idéias nesse teor, que na realidade não guardam a menor semelhança com o que aconteceu a Karen Silkwood, mas toda semelhança possível com o que aconteceu entre ele próprio e sua amiga Maria. Por fim digo:

Mike, Maria Ninguém não matou Karen Silkwood.

– É – concorda Mike. – Entendo o que quer dizer. É a história da península.

E nos conta a história da península.

Um homem e uma mulher moram em uma casa situada em uma península deserta. A mãe do homem vai morar com o casal e ele viaja a negócios. A mulher toma a barca para o continente e vai ver o amante. Eles fazem amor.

Quando terminam, ela percebe que é tarde, levanta-se, veste-se e corre para pegar a última barca para casa. Mas perde a barca. Ela faz um apelo ao capitão da barca. Ele responde que a levará à península se ela lhe pagar seis vezes o preço de uma passagem normal. A mulher, porém, não tem dinheiro. Então vê-se obrigada a voltar a pé para casa e, no caminho, é estuprada e morta por um desconhecido.

A pergunta é: quem é o responsável pela morte dela, e em que ordem – a mulher, o homem, a mãe, o capitão da barca, o amante, o estuprador?

A pergunta é um teste psicológico, diz Mike, e se você pedir a seus amigos para fazê-lo, cada um responderá de modo diverso.

Outro momento de iluminação.

Este marca o fim do meu caso amoroso com o jornalismo e o princípio da minha compreensão de que praticamente tudo é uma história.

Ou, como escreveu E. L. Doctorow certa vez, muito mais sucintamente:

"Sou induzido à hipótese de que não há ficção nem não-ficção como normalmente entendemos esta distinção; há apenas a narrativa."

Do meu roteiro para Harry e Sally – feitos um para o outro

HARRY

Por que você não me conta a história da sua vida?

SALLY

A história da minha vida?

HARRY

Temos dezoito horas para matar antes de chegarmos a Nova York.

SALLY

A história da minha vida não dá nem para sairmos de Chicago. Não me aconteceu nada, ainda. É por isso que estou indo para Nova York.

HARRY

Para que alguma coisa lhe aconteça lá?

SALLY

Isso.

HARRY

O quê, por exemplo?

SALLY

Vou entrar para a faculdade de jornalismo e virar repórter.

HARRY

Para poder escrever sobre as coisas que acontecem com as outras pessoas.

SALLY

Não deixa de ser.

HARRY

E suponha que nada lhe aconteça? Suponha que você passe lá a vida inteira e nada aconteça. Você nunca encontre ninguém, nunca se torne ninguém e finalmente tenha uma daquelas mortes de Nova York em que ninguém repara durante duas semanas até que o mau cheiro chegue ao corredor?

Um cara entra no restaurante

Estou jantando em um restaurante com amigos. Um homem que conheço se aproxima da mesa. É um cara reconhecidamente legal. Seu casamento acabou mais ou menos na mesma época que o meu. Ele me pergunta:

– Como posso encontrar você?

Não podemos fazer tudo

Estou sentada em uma salinha de projeção esperando um filme começar. A sala se enche. Não há poltronas suficientes. As pessoas estão se aglomerando nas laterais e procurando um lugar em vão. Do lado do meu amigo Bob Gotlieb, estou observando tudo. O diretor do filme tenta resolver o problema pedindo às crianças na sala para dividirem sua poltrona com outra criança. Continuo a observar com crescente frustração. Por fim digo a Bob:

– É muito simples. Alguém deveria apanhar algumas cadeiras dobráveis e armá-las nas laterais.

Bob olha para mim e responde:

– Nora, não podemos fazer tudo.

Meu cérebro se ilumina de modo surpreendente.

Nora. Não podemos fazer tudo. Recebi o segredo da vida.

Provavelmente, porém, tarde demais.

E por falar nisso

Outro dia comprei um casaco vermelho, numa liquidação. Mas ainda não o usei.

O STRUDEL PERDIDO
ou *LE STRUDEL PERDU*

A comida desaparece.

Não me refiro à comida como hábito, comida como lembrança, comida como biografia, comida como metáfora, comida como arrependimento, comida como amor ou comida como naquelas famosas *madeleines* de que pessoas como eu estão sempre falando como se tivessem lido Proust, o que na maioria dos casos não ocorreu. Refiro-me à comida como comida. A comida desaparece.

Estou falando do strudel de repolho que desapareceu de Manhattan por volta de 1982 e que ando procurando nos últimos vinte e três anos.

Strudel de repolho faz parte de uma longa lista de coisas que adoro comer e que costumavam existir à venda, e um dia somem, a começar pelo creme de ovos gelado; esta sobremesa deliciosa desapareceu quando eu tinha cinco anos de idade e minha família se mudou para a Califórnia, e desde então minha vida tem sido uma série de desapontamentos.

O strudel de repolho de que estou falando era vendido em uma confeitaria húngara extremamente modesta na Terceira Avenida, chamada Mrs. Herbst's. Provei-o pela primeira vez em 1968 e não quero ser sentimental exceto para dizer que é praticamente a única coisa de que lembro do meu primeiro casamento. O strudel de repolho parece um strudel de maçã, mas não é uma sobremesa; lembra mais uma *pirozhok*, o pastel recheado de carne que era uma especialidade do Russian Tea Room, que também se foi. É servido com sopa, ou com um prato principal como carne ou faisão assados (não que eu jamais tenha preparado faisão assado, mas sem dúvida o strudel seria um delicioso acompanhamento). O strudel tem uma massa folhada amanteigada, crocante (cuja arte pretendo dominar em minha próxima encarnação, quando também lerei Proust além do primeiro capítulo), e um recheio molhadinho de repolho refogado que é ao mesmo tempo doce, temperado e completamente inesperado, como todas as boas coisas. No passado comi muito strudel de repolho e depois esqueci-o por um tempo. Penso nesse lapso como o meu *temps perdu* pessoal, e lamento-o por muitas razões, e a menor delas não é jamais ter-me ocorrido que o meu querido strudel de repolho não estaria à minha espera quando eu estivesse a fim de me lembrar dele.

Estamos em Nova York, é claro. A cidade surpreende. Os aluguéis sobem. As pessoas envelhecem e seus filhos não querem mais assumir a loja. Então a gente se vê no East Side procurando a confeitaria húngara Mrs. Herbst's, que estava ali, sempre esteve ali, por Deus é um marco da cidade, um acessório do bairro, praticamente uma definição da vida de Nova York, e a loja desapareceu e ninguém se deu o trabalho de lhe informar. É triste. Não tão triste quanto as coisas realmente tristes, admito, mas, ainda assim, triste. Por outro lado, o impacto do golpe é mitigado pela possibilidade de que, em algum lugar, de algum modo, você encontrará o strudel perdido, ou será capaz de reproduzi-lo. Então, a princípio, você tem esperanças. E, por fim, as perde. E aí está: os três estágios do luto em termos de comida.

O strudel não pôde ser encontrado. Passei horas na Internet procurando uma receita, mas nenhuma parecia ser exatamente o strudel de repolho que perdi. Em um coquetel, atirei-me pateticamente a um homem chamado Peter Herbst, um diretor de revista que o meu marido me fizera acreditar que era parente da dinastia do strudel Herbst, mas não era. Falei com George Lang, o famoso *restaurateur* húngaro, que fez a gentileza de me enviar uma receita de strudel de repolho, mas tentei prepará-la e não ficou nada igual. (A verdade é que na maioria dos episódios genuinamente trágicos do desaparecimento de comida, o que conta são os detalhes fora do alcance da cozinheira doméstica, mesmo de uma como eu, conhecida por me superar ocasionalmente.)

Há uns dois anos, quando cheguei ao fundo do poço com relação ao strudel de repolho e não era possível afundar mais, meu coração tornou a se partir: o colunista de gastronomia Ed Levine me disse que o strudel que eu procurava estava à venda, apenas sob encomenda, na confeitaria húngara Andre's, em Rego Park, no bairro de Queens. Ed não chegara realmente a prová-lo, mas me garantiu que se ligasse para Andre ele o prepararia para mim. Mal pude acreditar. Telefonei imediatamente. Mencionei o nome de Ed Levine tão alto que se podia ouvi-lo em Nova Jersey. Falei que Ed me informara que, sob encomenda, ele prepararia um strudel de repolho para mim, e eu estava telefonando para encomendá-lo. Estava preparada para encomendar uma grosa de strudels de repolho, se necessário. E querem saber? André não ligou minimamente para Ed Levine nem para mim. Recusou-se a fazer o strudel. Disse que estava ocupadíssimo preparando outros tipos de strudel. E ponto final.

Mas não foi o fim.

Esta semana recebi notícias de Ed Levine. Mandou um e-mail dizendo que a confeitaria húngara de Andre abrira uma filial em Manhattan, na esquina da Segunda Avenida com a rua Oitenta e Cinco. E estava vendendo o strudel de repolho a varejo. Nem era preciso encomendar, estava ali à vista na vitrine do balcão. Ed Levine comera uma fatia. "Agora entendo por que passou esse tempo todo sonhando com o strudel de repolho", escreveu-me.

No dia seguinte meu marido e eu fomos ao Andre's a pé. Era um belo dia de inverno nova-iorquino – ou a idéia que faço de um belo dia de inverno, em que nem é preciso casaco. Achamos a confeitaria, que era ao mesmo tempo um café, entramos e pedimos o strudel de repolho quente. Trouxeram-no à mesa. Levei uma garfada à boca e provei-o. Agora nem vou lhe contar (como Proust provando a *madeleine*) que estremeci; nem vou acrescentar que "as vicissitudes da vida, seus desastres inócuos, sua brevidade ilusória, se tornaram indiferentes para mim". Para tanto seria preciso bem mais do que strudel de repolho. O de Andre, porém, era divino – crocante, mas úmido, temperado, mas doce, amanteigado além da imaginação. Não era idêntico ao da Mrs. Herbst's, mas era absolutamente tão delicioso quanto aquele, se não mais. Saboreá-lo era poder fazer o tempo voltar atrás, era apagar as conseqüências de um engano; era melhor do que recuperar uma blusa que a tinturaria perdeu ou o celular esquecido no táxi; era a validação da persistência e a eterna renovação da esperança; era muitas coisas, era todas as coisas, não era nada; mas, principalmente, era strudel de repolho.

SOBRE O ENLEVO

Acabei de emergir de vários dias de enlevo – com um livro. Adorei o livro. Adorei cada segundo de leitura. Senti-me transportada para o seu universo. Senti-me lembrada de todo tipo de detalhe de minha própria vida. Senti-me angustiada com o destino dos personagens. Senti-me viva e engajada, e positivamente genial, explodindo de idéias, transbordante de recordações de outros livros que adorei. Compus uma dúzia de cartas imaginárias ao autor, cartas que nunca escreverei, e tampouco enviarei. Escrevi cartas mencionando informações pessoais inteiramente impróprias sobre minha experiência com o tema do autor. Cheguei a escrever uma carta de recriminação quando um dos personagens morreu e fui invadida pelo pesar. Escrevi, porém, em sua maioria, cartas de gratidão: o enlevo que experimento quando leio um livro maravilhoso é uma das principais razões por que leio, mas isto não acontece todas as vezes nem mesmo ocasionalmente, e quando acontece, sinto-me realmente arrebatada.

Quando eu era criança, quase todo livro que lia me deixava enlevada. Será que estou romanceando minhas primeiras experiências de leitura? Acho que não. Posso apontar muitos livros que li e reli na infância – no topo da lista os de Oz, que me deixaram obcecada – mas outros tantos que foram grandes favoritos. Tive muita vontade de *ser* Jane Banks, crescer em Londres e ter Mary Poppins como babá, ou ser Homer Price, crescendo em Centerburg com um tio, dono de uma máquina de rosquinhas e que não parava de produzi-las. A pequena Sara Crewe no clássico de Frances Hodgson Burnett *A princesinha* foi o meu alter-ego – não de verdade, entenda; ela era uma criança bem mais comportada do que jamais fui – mas fiquei tão fascinada pela história da menininha rica que foi mandada lavar pratos no sótão do internato grã-fino onde fora uma aluna mimada antes do pai falecer. Ah, como tive vontade de ser órfã! Li *Uma cruz à beira do abismo* e, ah, como quis ser freira! Quis ser náufraga em uma ilha deserta, abandonada no Krakatoa! Quis ser Ozma, e Jô March, e Anne Frank, e Nancy Drew, e Eloise, e Anne de Green Gables – e em imaginação, pelo menos, eu conseguia ser.

Quando criança, fiz a maior parte das minhas leituras na cama ou em um sofá de ratã no jardim de inverno da casa em que me criei. Veja que coisa estranha. Sempre que leio um livro de que gosto, começo a me lembrar de todos os outros que me enlevaram, e lembro onde estava morando e do sofá em que estava sentada quando os li. Depois que terminei a faculdade, morando em Greenwich Village, sentei no meu enorme sofá de veludo cotelê recém-comprado e li *O carnê dourado*, de Doris Lessing, o romance extraordinário que mudou minha vida e as vidas de tantas outras jovens na década de 1960. Tenho a brochura que li então e está com os cantos dobrados, epifanias sobre epifanias marcadas para eu poder consultá-las facilmente.

Alguém lê *O carnê dourado* hoje em dia? Não sei, mas à época, pouco antes do início da segunda etapa do movimento feminista, senti-me eletrizada com a heroína de Lessing, Anna, e sua luta para se libertar. Trabalho, amizade, amor, sexo, política, psicanálise, escritos – Lessing abordou todas as coisas que me preocupavam, e posso me lembrar quantas vezes pus o livro de lado, atordoada com suas intuições e genialidade.

Corte para alguns anos mais tarde. O sofá está forrado de roxo e estou lendo por puro prazer – *O poderoso chefão* de Mario Puzo, um livro divino que me arrebata em uma onda de delírio romântico. Quero ser mafiosa! Não, não é bem isso. Tudo bem, então, quero ser a esposa de um mafioso!

Poucos anos depois estou divorciada. O que não surpreende. O sofá e eu nos mudamos para um apartamento escuro nas ruas Cinqüenta Oeste. É um fim de semana de verão, não tenho nada para fazer, e devia me sentir solitária, mas não – estou lendo as obras completas de Raymond Chandler.

Seis anos depois, novo divórcio. Passei semanas incapaz de me concentrar, sossegar a cabeça, ler o que fosse. Uma amiga com quem estou hospedada me dá a cópia encadernada de *A vingança de Smiley*. Afundo na cama do quarto de hóspedes e me rendo alegremente a John le Carré. Gosto muito de John le Carré, mas gosto ainda mais do seu herói, George Smiley, o espião de coração partido. Quero que George Smiley esqueça seu desapontamento. Quero que esqueça a horrível ex-mulher que o traiu. Quero que se apaixone por mim. Pensando bem, George Smiley é exatamente o tipo de pessoa com quem eu devia me casar e nunca me caso. Registro mentalmente que devo escrever a

John le Carré uma carta oferecendo-lhe minha sábia experiência no assunto.

Nesse meio-tempo, porém, perdi o sofá roxo com o divórcio e compro um novo sofá, uma peça maravilhosamente fofa, forrada com um tecido quente e convidativo, com braços em que é possível recostar e almofadas em que se pode afundar, dependendo se a pessoa quer ler sentada ou deitada. Nele leio a maior parte dos livros de Anthony Trollope e todos os de Edith Wharton, ambos já falecidos e aos quais não posso escrever. Que pena; gostaria de dizer a ambos que seus livros continuam tão contemporâneos quanto eram ao serem escritos. Leio tudo de Jane Austen, seis romances de cabo a rabo, e passo dias em bem-aventurada preocupação se os amantes de cada um dos livros conseguirão superar seus desentendimentos, objeções, equívocos, falhas de caráter, distinções de classe, e todos os demais obstáculos ao amor. Leio esses romances em estado de suspense tão intenso que você jamais pensaria que já os li antes pelo menos dez vezes.

E, por fim, um dia, leio o romance que provavelmente é o maior indutor de enlevos da minha vida adulta. Deitada em uma espreguiçadeira na praia, em um belo dia de verão, abro a obra-prima de Wilkie Collins, *The Woman in White*, provavelmente a primeira grande obra de mistério já escrita (embora tal descrição nem lhe faça justiça), e instantaneamente me ausento do mundo. Os dias se passam enquanto saboreio palavra por palavra. Cada minuto que me afasto do livro fingindo me interessar pela vida quotidiana é infeliz. Como pude ter esperado tanto tempo para ler esse livro? Quando posso voltar à sua leitura? No meio da narrativa volto a Nova York para trabalhar, terminar um filme, e me sento no estúdio de mixagem incapaz de me concentrar em algo, exceto na dúvida: irá minha personagem favorita no livro sobreviver? Não poderei suportar se acontecer algum mal à minha querida Marian Halcombe. A intervalos freqüentes, ergo os olhos do livro e vejo uma sala cheia de gente me esperando para decidir se a música está suave demais ou se o trovão está alto demais, e não acredito que não compreendam que o que estou fazendo é Muito Mais Importante. Estou lendo o livro mais maravilhoso do mundo.

Existe uma síndrome chamada embriaguez das profundezas que ocorre quando um mergulhador submarino passa um tempo longo demais no fundo do mar e não sabe em que direção está a superfície. Quando retorna, talvez experimente a síndrome da descompressão, em que o corpo não se adapta de imediato aos níveis de oxigênio na atmosfera. Tudo isto acontece comigo quando emerjo de um livro. O livro do momento – o que mencionei no início deste capítulo – é *As incríveis aventuras de Kavalier e Clay*, de Michel Chabon. Fala de dois homens que criam personagens de quadrinhos, mas descreve também como os artistas criam coisas fantásticas e mágicas a partir dos acontecimentos da vida diária. Em determinado momento do livro há um quarto cheio de mariposas e algumas páginas depois há uma enorme mariposa lua, pousada em um bordo no parque Union Square – e tudo isto é reinventado algumas páginas adiante quando a heroína dos quadrinhos é batizada de Luna Moth [Mariposa Lua]. O momento em que a imagem passa de comum para extraordinária foi tão mágico que precisei parar de ler. Fiquei atordoada com a brincadeira do autor e sua habilidade de fazer uma transposição tão difícil com essa aparente facilidade. O romance de Chabon é ambientado na cidade de Nova York na década de 1940, e embora eu tenha terminado de lê-lo há mais de uma semana, continuo lá. Estou fumando Camels e Salvador Dali está em uma festa na sala vizinha. Com o tempo, terei de voltar a respirar o ar da Nova York atual, mas, por outro lado, talvez não precise. Vou descobrir outro livro que adore e desaparecer nele. Deseje-me boa sorte.

O QUE EU GOSTARIA DE TER SABIDO

As pessoas só têm um jeito de ser.

Não alugue, compre.

Nunca se case com um homem de quem não gostaria de se divorciar.

Nunca forre um sofá com um tecido que não seja mais ou menos bege.

Não compre nada que seja 100% lã, mesmo que pareça muito macio, e não dê coceira quando você o experimenta na loja.

Não se pode ser amiga de alguém que liga depois das onze horas da noite.

Bloqueie todo o mundo em seu programa de mensagens instantâneas.

Dois anos e meio depois a melhor babá do mundo já era.

Os últimos quatro anos de análise são um desperdício de dinheiro.

O avião não vai cair.

Aos quarenta e cinco anos você terá saudades de tudo que achou ruim em seu corpo aos trinta e cinco.

Aos cinqüenta e cinco você terá um pneu flácido acima da cintura mesmo que seja dolorosamente magra.

O tal pneu será particularmente visível por trás e a obrigará a reavaliar metade das roupas que tem no guarda-roupa, principalmente as blusas brancas.

Anote tudo.

Mantenha um diário.

Tire mais fotografias.

Subestimamos o ninho vazio.

Você pode repetir uma sobremesa.

Nunca temos suéteres pretas de gola rulê demais.

Se os sapatos não couberam quando os experimentei na sapataria, jamais irão caber.

Quando seus filhos são adolescentes, é importante haver um cachorro em casa para ter alguém que fique feliz ao vê-la.

Faça back-up dos seus arquivos.

Faça seguros de tudo acima do valor real.

Sempre que alguém disser as palavras "Nossa amizade está acima destas coisas", cuidado, porque quase nunca está.

Não tem sentido preparar massa para torta da estaca zero.

A razão de você acordar no meio da noite é a segunda taça de vinho.

No minuto em que decidir se divorciar, procure um advogado e dê entrada nos papéis.

Exagere nas gorjetas.

Nunca deixe que saibam.

Se você errou na escolha de apenas um terço de suas roupas, você está ganhando o jogo.

Se seus amigos pedirem que seja a guardiã dos filhos deles na eventualidade de morrerem em um desastre de avião, pode recusar.

Não existem segredos.

PENSANDO NA ALTERNATIVA

Quando fiz sessenta anos, dei uma grande festa de aniversário em Las Vegas, que, por acaso, é um dos cinco lugares de que mais gosto. Passamos o fim de semana comendo, bebendo, jogando e nos divertindo. Um dos meus amigos tentou a sorte doze vezes na mesa de dados e todos ganhamos uma grana e gritamos e berramos e fui me deitar delirantemente feliz. O encanto durou vários dias e, assim, pude evitar pensar no significado de tudo aquilo. Durante vários anos a negação foi para mim um modo de vida. Acredito realmente em negação. Pareceu-me que a única maneira de enfrentar um aniversário como esse seria fazer o possível para afastá-lo dos meus pensamentos. Nada em mim está melhor hoje do que estava aos cinqüenta ou quarenta ou trinta, mas decididamente o meu corte de cabelos é o melhor que já fiz, gosto do meu novo apartamento, e, como se costuma dizer, penso na alternativa.

Tenho sessenta e quatro anos hoje e, quando você ler o que estou escrevendo, provavelmente já terei sessenta e cinco. Sobrevivi aos sessenta anos, não vibrei ao completar sessenta e um, e menos ainda sessenta e dois, não gostei nada dos sessenta e três, detestei os sessenta e quatro e vou odiar fazer sessenta e cinco. Não deixo transparecer; pessoalmente, sou alegre e otimista. Contudo, a verdade pura e simples, é que me entristece ultrapassar os sessenta anos. As sombras se alongam por toda parte – amigos que morrem e enfrentam doenças. Um miasma de melancolia paira no ar, forçando a pessoa a admitir que sua vida, por mais feliz e bem-sucedida, foi repleta de decepções e erros grandes e pequenos. Há sonhos que nunca se realizarão, ambições que jamais se concretizarão. Há, em suma, arrependimentos. Edith Piaf era famosa pela canção intitulada "Moi, je ne regrette rien". É uma boa canção. Sei o que Piaf quis dizer. Posso me identificar com ela; posso argumentar que não me arrependo de nada. Afinal, sobrevivi à maioria dos erros ou transformei-os em casos engraçados, por vezes até ganhei dinheiro com eles. A verdade, porém, é que *je regrette beaucoup*.

Há todo tipo de livros escritos para mulheres mais velhas. São, a meu ver, igualmente otimistas e recheados de clichês e lengalengas lembrando que a vida pode ser muito agradável quando a pessoa se livra das cargas que são os filhos, as menstruações e, em alguns casos, os empregos de tempo integral. Acho tais livros absolutamente inúteis da mesma forma que achei todos os livros que li sobre a menopausa absolutamente inúteis. Por que existe gente que escreve livros afirmando que é melhor ser velha do que jovem? Não é melhor. Mesmo que você não esteja gagá, está sempre tentando se lembrar do nome da pessoa que conheceu anteontem. Mesmo que esteja em grande forma, não consegue picar uma cebola como antes e não pode andar quilômetros de bicicleta sem se tornar candidata à fisioterapia. Se trabalha fora, vive rodeada de jovens que estão ligados no mercado, na demografia, no espírito do tempo, o tal *zeitgeist*; eles querem seu emprego e em breve irão obtê-lo. Se tiver a sorte de manter uma relação sexual com alguém, não terá o mesmo sexo que teve no passado. E mais, não pode usar biquíni. Ah, como me arrependo de não ter usado biquíni o ano todo quando tinha vinte e seis anos. Se alguma jovem está lendo este livro, vá, neste instante, vista um biquíni e não o dispa até fazer trinta e quatro anos.

Ainda outro dia, a editora de uma revista me chamou, uma mulher que, como eu, já fez sessenta anos. Ia publicar em sua revista uma matéria sobre Idade, e queria que eu escrevesse alguma coisa. Começamos a conversar sobre o assunto e ela me disse: "Sabe o que é que me deixa maluca? As mulheres da nossa idade dizem 'No meu tempo...'. *Este* é o nosso tempo."

Só que não é. É o tempo *delas*. Nós estamos apenas presentes. Não podemos usar *collants*, não temos idéia de quem seja 50 Cent, e não sabemos usar quase nenhuma função nos nossos celulares. Quando apertamos a tecla errada no controle remoto e a tela da televisão se enche de chuvisco, não temos a mínima idéia de como fazê-la reverter à condição anterior. (Este é o verdadeiro pesadelo do ninho vazio: seus filhos foram embora e eles eram as únicas pessoas na casa que sabiam usar o controle remoto.) A tecnologia é uma merda. Já nem consigo entender como fazer os botões do rádio sintonizarem minhas estações preferidas. As marchas da minha bicicleta me confundem. Da minha própria bicicleta! E graças a Deus ninguém me presenteou com um relógio de pulso digital. Na realidade, se alguma de minhas amigas estiver me lendo, por favor, nunca me dêem nada digital.

Outro dia fui fazer compras em uma loja de Los Angeles onde por acaso vendem jeans que, imaginem, sobem até a cintura, e fiquei perplexa ao descobrir que a cliente atendida antes de mim era Nancy Reagan. Este é o grau de velhice que alcancei: Nancy Reagan e eu compramos na mesma loja.

Enfim, eu disse à editora que ela estava enganada, muito enganada, este não é o *nosso* tempo, este é o tempo *delas*. Não a convenci e ela retrucou: bem, então tenho outra idéia, por que você não escreve sobre Vergonha da Idade? Respondi: arranje alguém que tenha cinqüenta anos para escrever sobre vergonha da idade. Há muito tempo deixei a vergonha da idade para trás, se algum dia a senti. Estou feliz só de estar viva.

A questão é que ignoro por que se escreve tanta bobagem sobre a idade – embora compreenda que ninguém realmente quer ler que envelhecer é uma droga. Pertencemos a uma geração que aprendeu a acreditar que podemos fazer quase qualquer coisa. Somos ativas – ora, somos proativas. Pensamos positivamente. Temos o poder. Levamos qualquer sugestão a sério. Se uma pílula ajuda, nós a tomaremos. Se fazer a dieta da Zona ajuda, entraremos na Zona. Quando temos notícia de um creme facial recente e ridiculamente caro que supostamente faz o tempo retroceder, iremos comprá-lo mesmo sabendo que os últimos cinco cremes em que acreditamos não produziram o menor efeito. Faremos palavras cruzadas para afastar o mal de Alzheimer e comeremos seis amêndoas por dia para afastar o câncer; escanearemos o corpo para descobrir qualquer coisa que possa ser abortada no início. Estamos no comando. Ao volante. Na liderança. Fazemos listas. Buscamos opções. Navegamos na Internet.

Há, no entanto, algumas coisas que estão absolutamente, definitivamente, inteiramente fora do nosso controle.

Estou contornando a palavra com M, mas não quero ser tímida. Quando se cruza a soleira dos sessenta, as chances de morrer – ou apenas ficar horrivelmente doente a caminho da morte – aumentam vertiginosamente. A morte é um atirador de tocaia. Atinge as pessoas que você ama, as pessoas que você estima, as pessoas que você conhece, ela está por toda parte. Você poderia ser a próxima. Mas não é. Por outro lado, poderia ser.

Nesse meio-tempo, seus amigos morrem, e você se vê despojada, não apenas enlutada, não apenas culpada, mas absolutamente desamparada. Não há nada que você possa fazer. Todos morrem.

"Qual é a resposta?", perguntou Gertrude Stein a Alice B. Toklas quando Stein estava morrendo.

Não recebeu resposta.

"Neste caso qual é a pergunta?", tornou a perguntar Stein.

Exatamente.

Bem, não exatamente. Há algumas perguntas que estou sempre remoendo. Você esbanja ou poupa? Você vive cada dia como se fosse o último? Ou guarda dinheiro para a eventualidade de viver mais vinte anos? A vida é muito curta ou vai ser longa demais? Você trabalha o máximo que pode ou pára um pouco para aspirar o cheiro das rosas? E onde entram os seus carboidratos nisso tudo? Será que realmente teremos de passar nossos últimos anos evitando pão, principalmente agora que o pão se tornou inacreditavelmente gostoso em nosso país? E o chocolate? Aí está uma pergunta para você, Gertrude Stein – e o chocolate?

Minha amiga Judith morreu no ano passado. Ela era minha confidente. Era minha melhor amiga, minha irmã extra, minha verdadeira mãe, por vezes até minha filha, era tudo isso, e um dia me telefonou para dizer que lhe acontecera uma coisa muito esquisita, havia um caroço em sua língua. Menos de um ano depois, ela morreu. Tinha sessenta e seis anos de idade. Até o fim não estava interessada em morrer. Teve uma morte pavorosa. Partiu. Penso nela todos os dias, às vezes cinco ou seis vezes por dia. Este é o fim de semana em que ela e eu costumávamos ir juntas à mostra de flores da primavera e de antiguidades de Bridgehampton. A grade da lareira na sala ao lado foi ela quem descobriu a um canto da mostra de antiguidades, e no alto do console há o pôster de uma gaivota que ela me deu há dois verões. Estamos em junho; este é o mês em que uma de nós preparava um pudim de milho, uma receita ridícula que as duas adorávamos, com farinha de milho e creme de milho em lata. Ela acrescentava creme de leite azedo ao dela e eu não. "Oi, benzinho", dizia quando ligava. "Oi, lindinha." "Oi, querida." Acho que jamais chamava a mim ou a ninguém que conhecia pelo nome. Fiquei com o seu xale branco de caxemira. Usei-o durante dias depois que ela morreu; embrulhava-me nele; cheguei mesmo a dormir com ele. Agora, porém, não suporto usá-lo por que me dá a impressão de que é só o que resta da minha Judy. Quero conversar com ela. Quero almoçar com ela. Quero que ela me dê um livro que acabou de ler e adorou. Ela é a minha metade fantasma e não acredito que não esteja aqui comigo.

Poucos meses antes de encontrarem o caroço em sua língua, Judith e eu fomos almoçar para comemorar o aniversário de uma amiga. Tinha sido um ano difícil: praticamente não passara semana sem uma notícia terrível sobre a saúde de alguém. Comentei isso ao almoço. Que atitude vamos tomar? Será que devemos discutir o assunto? Foi nisso que se transformaram nossas vidas. A morte está em toda parte. Como vamos enfrentar esta situação? A amiga que aniversariava exclamou, ah, por favor, não vamos ser mórbidas.

É. Não vamos ser mórbidas.

Não vamos.

Por outro lado, eu pretendia ter uma conversa sobre a morte com Judy. Antes que uma de nós ficasse doente ou morresse. Pretendia que fosse uma dessas conversas diretas em que se discute "Que vai querer na eventualidade de" – ora, estou dizendo "na eventualidade", mas é uma das coisas mais estranhas nesta questão. A morte não dá a sensação de ser eventual ou inevitável. Dá a sensação... de ser evitável. Mas não é. Sabemos em alguma parte do cérebro que todos vamos morrer, mas em outra parte não acreditamos muito nisso.

Pretendi ter essa conversa com Judy, para, quando o inevitável acontecesse, sabermos quais eram as nossas intenções, e pudéssemos nos ajudar mutuamente a morrer do modo que gostaríamos. É claro, porém, que quando encontraram o caroço, não havia hipótese de termos tal conversa. A vontade de viver é muito mais fácil de convocar quando se está viva do que diante da possibilidade de morrer; essa é a última hipótese. E que diferença teria feito se tivéssemos tido aquela conversa? Antes de adoecermos, não temos a menor idéia de qual será nossa reação quando ficarmos doentes. Podemos imaginar que seremos corajosos, mas é igualmente possível que fiquemos apavorados. Podemos ter esperança de encontrar um jeito de aceitar a morte, mas podemos igualmente acabar nos revoltando contra ela. Não temos idéia de qual será o seu prognóstico em particular, ou como reagiremos e que opções haverá. Não temos a mais leve idéia se saberemos a verdade desse prognóstico porque a questão é "Qual é a verdade e quem irá nos contar, e será que iremos querer ouvi-la?"

Meu amigo Henry morreu há alguns meses. Ele é daqueles a quem nos referimos como sortudo. Morreu aos oitenta e dois anos, depois de uma vida plena, rica e bem-sucedida. Enfrentou brilhantemente uma degeneração macular – quase dois anos, a maioria de seus amigos nem sabia que ele não enxergava – e escreveu um livro sobre cegueira progressiva que provavelmente irá sobreviver às suas numerosas realizações. Ele morreu de ataque cardíaco, placidamente, durante o sono, cercado pela família que o adorava. Na véspera de morrer, pediu que lhe trouxessem do escritório uma grande pasta sanfonada. Nela estavam as cartas de amor que recebera quando jovem. Ele as remeteu às mulheres que as tinham escrito, acompanhadas de lindos bilhetes, e destruiu o restante. Além disso, deixou instruções completas e detalhadas para o seu enterro, inclusive as músicas que queria – tudo à vista em um arquivo de seu computador intitulado "Partida".

Admiro imensamente Henry e a maneira como cuidou de sua morte. É uma inspiração. Contudo, não consigo imaginar como tais providências se aplicariam ao meu caso. Primeiro, consegui extraviar todas as minhas cartas de amor. Não que fossem tantas assim. E se algum dia eu as encontrasse e reenviasse aos homens que as escreveram, juro que eles ficariam inteiramente confusos. Há anos não tenho notícias de nenhum desses homens e, pelos indícios, todos parecem ter se incumbido perfeitamente de me relegar ao esquecimento. Quanto às instruções para o meu enterro, suponho que pudessem me ocorrer algumas. Por exemplo, se houver uma recepção após o enterro, sei qual é o tipo de comida que gostaria que fosse servida: aqueles minissanduíches da loja na avenida Lexington chamada William Poll. E champanhe seria uma boa escolha. Adoro champanhe. É tão festiva. Quanto ao resto não faço a menor idéia. Nem sequer pensei se quero ser enterrada ou cremada – principalmente porque sempre me preocupou que a cremação pudesse de algum modo diminuir a probabilidade de reencarnação. (Se é que existe.) (E eu sei que não.) (Ainda assim.)

– Não quero morrer – disse Judy.

– Acredito em milagres – repliquei.

– Adoro você – disse ela. – Dá para acreditar?

Não, não dá para acreditar. Continuo não conseguindo.

Mas não vamos ser mórbidas.

Vamos fazer umas carinhas sorridentes.

Gostosas gargalhadas.

Viver plenamente o dia.

A vida continua.

Poderia ser pior.

E o sempre aplaudido: "Pense na alternativa."

Nesse meio tempo, aqui vamos.

O que resta fazer?

Não sei. Espero que esteja claro. Dentro de alguns minutos terminarei de escrever este capítulo, e retomarei a vida propriamente dita. Os esquilos abriram um buraco no telhado, e não sabemos muito bem o que fazer. Logo irá chover; provavelmente deveríamos recolher as almofadas. Preciso de mais óleo para banho. O que me lembra de dizer umas palavrinhas sobre o óleo para banho. Uso um que adoro, o óleo de limão Dr. Hauschka's. Custa uns vinte dólares o vidro, e é suficiente para duas semanas de banho se seguirmos as instruções. O recomendado é uma tampinha cheia por banho. Uma tampinha, porém, não adianta nada. Uma tampinha não é suficiente. Já sei disso há muito tempo. Mas se os acontecimentos dos últimos anos me ensinaram alguma coisa, é que vou me sentir uma idiota se morrer amanhã depois de ter usado uma miséria de óleo hoje. Então uso muito óleo para banho. Mais do que se poderia jamais imaginar. E depois do banho, minha banheira fica escorregadia como óleo em rua molhada. Mas, graças ao banho de óleo, minha pele parece cetim. Vou comprar mais agora mesmo. Tchau.

AGRADECIMENTOS

Agradeço a Amanda Urban, Delia Ephron, Jerome Kass, David Remnick, Amy Gross, Shelley Wanger e Bob Gottlieb.

Gostaria ainda de agradecer a todas as pessoas que se empenharam a fundo para deter a ação da força da gravidade sobre mim. Graças a isso estou parecendo um ano mais jovem do que sou. Vocês sabem quem são.

Este livro foi impresso na Editora JPA Ltda.,
Av. Brasil, 10.600 – Rio de Janeiro – RJ,
para a Editora Rocco Ltda.